죽음이 너희를 갈라놓을 때까지

김희선

죽음이 너희를 갈라놓을 때까지

김희선

소설

PIN

029

H

차례

PIN

029

죽음이 너희를 갈라놓을 때까지

김희선

사무실은 회색이었고, 특이하게도 책상과 의자, 집기와 캐비닛, 이 모든 것이 회색이었다. 약속하거나 의도한 것도 아닌데 그렇게 됐다. 남자는 출근하자마자 회색 레인코트를 벗고 회색 의자에 앉았다. 그리고 회색 책상에 놓여 있는 회색 주전자에서 회색 컵에 물을 따라 마셨다. 물은, 다행히 회색이 아니다. 그러나 투명한 물도 컵에 따르자 어두운 회색으로 물들어갔다.

팔곡마을.

그는 회색 물이 가득 든 컵을 왼손에 든 채 하얀 종이 위에 이 네 글자를 꾹꾹 눌러썼다. 그러

고는 한참 동안 가만히 앉아 있던 남자가 어디론
가 전화를 걸었다. 아주 깊은 크레바스에서 울려
나오는 듯 어둡고 검은 목소리였다.

　—시작하도록.

수화기를 내려놓은 다음 남자는 캐비닛을 열고
시집 한 권을 꺼냈다. 그는 사실 시를 좋아하는
사람이었다. 물론 음악도 사랑한다. 사무실에 뱅
앤올룹슨사社의 하이엔드 스피커를 갖춰놓을 정
도로. 게다가 그는 이 말을 신봉하기까지 했다.

"한 사람을 죽이면 살인이지만 백만 명을 죽이
면 혁명이 된다."

　—그렇지, 혁명. 혁명이고말고.

책을 뒤적이며 그는 혼자서 중얼거렸다.

나의 희생정신을 누가 알아줄 것인가. 미래 세
대는 내 공功을 기억해줄까? 아니, 아니. 그런 건
다 상관없다. 원래 의인이란 그림자 같은 존재이
다. 오른손이 하는 일을 왼손은 모르게 하라는 말
도 있잖은가. 그는 다시 한 번 고개를 끄덕이며
시집의 어느 한 페이지를 펼친 뒤 목청을 가다듬
었다.

풍부한 감수성을 가진 그는 떨리는 목소리로—그가 이 프로젝트를 구상하고 건의하고 숱한 반대에 부딪힌 끝에 관철시키기까지 얼마나 많은 고난을 겪었는지는 알 만한 사람만 알고 있었다. 그리고 그 모든 추진력의 배후에 자리 잡고 있는 것이 그의 감수성, 그러니까 '인류에 대한 보편적인 사랑' 때문이라는 것 역시 그들은 다 알고 있었다— 매일 아침 읽는 그 시를 소리 내어 읊었다. 절로 마음이 편안해지는 아름다운 구절이었다.

지금 어드메쯤

아침을 몰고 오는 분이 계시옵니다.

그분을 위하여

묵은 이 의자를 비워 드리지요.[*]

[*] 조병화의 시 「의자」 일부분.

*

그들이 사라진 것을 처음 발견한 사람은 우체부였다. 그날도 그는 마을로 온 몇 안 되는 우편물을 배달하러 선착장에 들렀다. 그런데 마을은 텅 비어 있었다.

정말 아무도 남지 않고 모두 사라진 건지는 직접 가서 확인해봐야 알 일이지만, 숨을 몰아쉬며 미친 듯 떠드는 우체부의 말에 의하면 그러했다.

"일주일에 두어 번 가거든요, 그 마을엔. 전보라도 있으면 중간에 들르지만, 알다시피 요즘엔 전보를 치는 사람 자체가 없어요. 그래서 그냥 배를 타고 댐 전망대―아시죠? 월상댐 전망대 말이에요― 가는 길에 선착장에 들러 우편함에 편지를 한꺼번에 넣어두고 오곤 하지요. 원래는 아예 배에서 내리지도 않아요. 뱃전에 서서 팔만 쭉 뻗어도 우편함 입구에 손이 닿으니까요. 그렇게 우편물을 한꺼번에 넣어두면 주민들이 각자 알아서 자기 걸 챙겨 가는, 그런 시스템이었어요. 물론 전부터 그랬던 건 아니에요. 배에서 내려 마을 구석구석을 돌며 집집마다 편지를 배달했었다고요. 하지만 사람들이 하나둘 떠나가고 그나마 있던 낚시 손님들도 오지 않게 되면서 모든 게 변해버렸어요. 그때부턴 배도 하루 한 번만 다녔고……나도 마을에 내려 직접 우편물을 전해주는 게 힘들어진 거죠. 그래서 생각해낸 게 바로 그 공동우편함이었던 겁니다.”

말을 하다 말고 우체부는 몸서리를 쳤다. 그 바람에 이 순경이 건네준 뜨거운 녹차를 쏟고 말았다. 그는 녹찻물이 테이블을 타고 주르륵 흐르는 걸 멍하니 바라보며 중얼거렸다.

“……이런, 미안합니다. 정말 미안해요. 그런데 도대체 거기엔 무슨 일이 생긴 걸까요?”

이 순경이 걸레로 녹차를 닦으며 대답했다.

“너무 걱정하지 마세요. 이제 차차 알아볼 거지만, 뭐 별일이야 있겠습니까?”

“아니, 그렇지 않다니까요. 이건 내 직감인데 분명 뭔가 큰일이 생긴 거 같아요. 공기가 그랬다니까요. 그 음산한 분위기라니. 휴, 내 말이 무슨 뜻인지 모르겠다면 당장 가보세요. 그럼 알 수 있을 테니까요!"

파출소장 박 경위는 두 손을 깍지 낀 채 앉아
둘의 대화를 듣고 있었다.

그는 우체부가 너무 호들갑을 떤다고 생각했
다. 별다른 신고가 접수된 것도 아니고, 마을에
서 시체가 발견된 것도 아니다. 그저 집 몇 채가
비어 있다는 것뿐이지 않은가. 하지만 어차피 사
람은 한곳에만 머무는 존재가 아니다. 그들은 항
상 어디론가 가고 다시 어딘가에서 돌아온다. 그
러니 그 비어 있는 집들이 영원히 비어 있으리라는
법은 없는 거다. 게다가 그 마을. 박 경위는 팔곡
을 떠올리며 긴 한숨을 내쉬었다. 과연 그곳을 마
을이라 할 수 있을까? 겨우 여덟 집에 도합 열 명
의 노인이 살고 있을 뿐인데. 마을이란 그 자체로
하나의 완결된 단위가 되어야 한다. 살아 숨 쉬며
번성하진 못하더라도 현상 유지는 되어야 한다는
뜻이다. 그러나 팔곡은 그렇지 못했다. 비유하자
면 팔곡은 시체나 마찬가지였다. 완전히 쇠락하
고 몰락할 대로 몰락해버린. 그는 책상에 놓인 다
식은 녹차를 한 모금 들이켰다. 기분 나쁘리만치

맛이 썼다. 재작년인가 경찰 중간 간부 등산 모임 때 찾았던 팔곡의 우울한 풍광이 떠올랐다. 거기선 만약 길을 걷다가 유령을 마주쳐도 그게 유령인 줄 모를 것이다. 왜냐하면 마을 노인들이 이미 유령과 별로 다를 바 없는 모습을 하고 있으니까.

박 경위는 깍지 낀 손을 풀며 천천히 말했다.

"그러니까 우리 생각은, 어르신들이 다들 놀러 갔을 수도 있다는 겁니다. 그래요, 어디 보자……, 한 달 후면 슬슬 김장을 시작할 철이잖습니까? 강경이라든가 뭐 그런 곳으로 젓갈을 사러 갔을 수도 있지요. 텔레비전에서 본 건데 요즘엔 새우젓이나 어리굴젓 같은 걸 사러 동네 사람들이 단체로 관광버스를 빌려 강경엘 간다더군요. 그래서 하는 말인데, 이 순경, 일단 읍내 관광버스 회사에 전화부터 걸어봐. 팔곡에서 출발한 차는 없는지."

건성으로 지시를 내리며, 박 경위는 다시 모니터로 눈길을 돌렸다. 화면엔 가지각색의 등산 스틱들이 줄줄이 떠 있었다. 지금 쓰는 건 너무 낡았어. 그런데 뭐가 좋을까. 한 번 사면 오래 쓸 테니 무리하더라도 비싼 걸 고르는 게 나을지도 모른다.

"소장님?"

등산 스틱의 숲에서 헤매던 그는 이 순경이 부르는 소리에 퍼뜩 정신을 차렸다.

"어, 그래. 좀 알아봤나? 어때, 내 말이 맞지? 그 노인들 다 같이 강경으로 젓갈 사러 간 거지? 아니면 단풍 구경을 갔든가."

하지만 이 순경은 난감한 얼굴로 고개를 저었다.

"읍내에 있는 관광버스 사무실 두 군데에 다 물어봤는데, 아무도 팔곡엔 들어가지 않았다고 합니다. 이제 어떻게 할까요?"

그제야 박 경위는 쇼핑몰 사이트를 닫았다. 그렇다고 수색팀이라도 꾸릴 생각을 했던 건 아니다. 노인들은 그저 잠깐 마을을 비운 것뿐이니까. 그는 기지개를 켜며 일어섰고, 눈치채지 못하도록 잽싸게 우체부를 노려봤다. 오늘 주문을 해야 주말 전에 등산 스틱을 받을 수 있을 텐데. 노인네들이 어디 있는지 제대로 찾아보지도 않고—분명 마을 뒷산에서 나물이나 송이버섯 따위를 캐고 있을 게 뻔한데— 다짜고짜 파출소로 달려와 신고부터 하면 대체 어쩌자는 얘기란 말인가. 게다가 저 이 순경도 눈치 없긴 매한가지 아닌가. 노인들이 단체 관광을 갈 때 반드시 읍내 회사만 이용하란 법은 없다. 세상에 널린 게 관광버스 회사고, 노인들 집엔 전화가 있을 테니까. 수화기를 들어 귀에 대고 번호만 누르면, 아무 관광버스든 와서 노인을 모두 싣고 어디로든 달려갈 것이다.

하지만 그래도 뭐라도 하는 척은 해야 했다. 가장 좋은 건, 우체부가 제안한 대로 노인들의 자식들에게 연락을 취해보는 것이다. 그런데 막상 통화가 되면 뭐라고 하냔 말이다. 전국 곳곳에 흩어져 살며 생업에 종사하느라 정신없을 그 사람들에게 뜬금없이 이렇게 묻는다면?

'수고하십니다. 여긴 경찰인데…… 혹시 지금 아버지와 함께 계십니까? 아니면 어디 관광이라도 보내드렸나요? 그분들이 오늘 낮에 안 보여서요.'

아니, 안 될 말이지. 박 경위는 머리를 흔들었다. 그거야말로 쓸데없이 일을 크게 벌이는 것이다. 만약 노인들이 정말 어디로 놀러 갔거나 아니면 단지 뒷산에 떼 지어 올라가서 온갖 풀뿌리를 캐며―그나저나 요즘엔 그런 걸 '산야초'라고 한다지? 전엔 그냥 잡초라고 했는데― 돌아다니고 있는 거라면, 괜스레 소란만 일으키는 꼴이니까. 그는 결국 이 순경을 불렀다.

"자네가 가봐. 가서 좀 둘러보고 어르신들한테 별일 없는 걸 확인하고 오게나. 하, 그나저나 요즘 같은 때에 아무도 휴대폰을 가지고 있지 않다니. 이게 말이 되냐고, 응?"

어쨌든 만에 하나 정말로 마을에 아무도 없다면, 그때 자식들에게 전화를 걸어 확인해도 늦지 않을 것이다. 그리고 솔직히 한 명의 노인이 사라졌다면 그거야말로 큰일이지만, 온 동네 노인 전체가 동시에 안 보이는 거라면 그건 전혀 걱정할 게 없었다. 그렇게 단체로 돌아다니는 노인 무리가 있다면 당연히 사람들 눈에 띌 터이고, 그러니 오늘 저녁만 되어도 이 모든 일은 그저 하나의 해

프닝으로 끝나버리리라. 박 경위는 그 정도로 사건을 대수롭지 않게 생각했는데, 그래선지 문득 마음이 바뀌어 이렇게 외치고 말았다.

"아니, 이 순경 자네가 여기 남아 있도록. 내가 직접 가보는 게 나을 것 같아."

그는 재작년에 갔던 팔곡을 또다시 떠올렸다. 여덟 개의 골짜기에 둘러싸인 마을은, 해가 잘 들지 않아 어둡고 음산하긴 했지만, 그럼에도 불구하고 산세는 아름답긴 그지없었다. 얼핏 보기엔 가파르고 울창해 보였지만 알고 보면 그리 힘들이지 않고 꼭대기까지 오를 수 있는 등산로도 있었다. 이 우중충한 파출소 안에 앉아 온갖 진상을 부리는 민원인을 상대하느니, 배를 타고 시원한 호수 바람을 맞으며 마을에 다녀오는 편이 나을지도 모른다. 아마 저 호들갑스러운 우체부와 함께 섬에 도착해 보면—물론, 정확히는 팔곡이 섬은 아니었다. 그러나 사람들은 다들 그 마을을 섬이라 불렀다. 하긴 따져보면 섬과 별로 다를 것도 없었다. 차로 들어가는 육로는 도道의 경계를 지나 밖으로 돌아 들어가게 되어 있었고 배로 가는 것보다 한 시간 반이나 더 걸렸으니 말이다— 노인들은 이미 모두 집에 돌아와 저녁밥을 짓고 있겠지. 그들에게 아무 일도 없다는 걸 확인한 다음엔, 산 중턱까지만이라도 천천히 걸어갔다 올 수 있지 않을까? 박 경위는 피톤치드, 산소, 맑은 공기 등등을 생각하며 자기도 모르게 빙긋 웃었다. 갑자기 기분이 좋아졌다.

* * *

팔곡 선착장의 공동 우편함은 우체부 김 씨의 역작이었다. 잔잔히 흐르는 푸른 강물을 배경으로 서 있는 빨간 우체통이 어찌나 아름다운지, 한번은 나름 유명하다는 사진작가가 와서 그 고즈넉한 광경을 카메라에 담아 가기도 했다. 별로 유명한 관광지는 아니지만, 아니 정확히는 거의 아무에게도 알려지지 않은 마을이지만, 그래도 이곳에 들르는 외지인들은 우체통 앞에 서서 기념사진을 찍었다. 어쩌다 선착장에서 그런 광경을 본 날이면, 우체부는 저녁 늦게까지 이상한 자부

심에 마음이 두근거렸다. 그러고는 아무도 보지 않을 때 빨간 우체통을 손으로 한번 쓰윽, 쓰다듬어보는 것이었다.

하긴 일이 힘에 부치지 않았더라면 그런 우편함 따윈 설치하지 않았을지도 모른다. 그냥 전처럼 마을 전체를 천천히 걸어 다니며 편지를 전달했을 테니까. 생각해보면 언제부턴가—그 시기를, 그는 잘 기억하지 못했다. 왜냐하면 모든 일이 너무 빠르게 진행되는 바람에 눈치챌 타이밍을 놓친 탓이다— 일이 점점 많아졌다. 예전에 그가 처음 우체부 일을 시작했을 땐 아침이면 가벼운 마음으로 자전거를 타고 출근했고 적당히 무거운 배달 가방을 멘 채 시골 마을을 돌았다. 그러다가 미숫가루나 꿀물을 얻어먹기도 했고 때론 밥을 먹고 가라고 굳이 숟가락을 쥐여주는 할머니의 손길에 모른 척 주저앉기도 했다. 그런데—이것 역시 그의 기억에 의한 거라 아주 정확하진 않지만— 10여 년 전쯤부터 그런 여유가 사라져버렸다.

월상댐을 돌아오는 코스도 원래 그의 담당이

아니었다. 하지만 마치 처음부터 그랬던 것처럼 자연스럽게 그의 구역의 일부가 됐고, 그래서 그는 전보다 훨씬 일찍 나와 일부 우편물을 먼저 배달한 다음 헐레벌떡 선착장으로 뛰어가 댐 전망대로 출발하는 배에 올라타야 했다.

팔곡마을은, 말 그대로 여덟 개의 계곡 사이에 푹 파묻혀 있었다. 누군가가 지도나 내비게이션 없이 그쪽을 지난다면 거기 마을이 있는 줄도 모른 채 지나칠 만한 그런 곳. 만에 하나 마을이 있다는 걸 안다 해도 막상 배에서 내리면 두리번거리며 잘못 온 게 아닌가, 하는 불안을 느낄 만큼 팔곡은 깊고 어둡고 축축한 계곡 내부에 자리 잡고 있었다.

물론 보는 이에 따라서 팔곡은 거대하고 웅숭깊은 자연 그 자체이기도 했다. 사람의 발길이 닿지 않은 곳을 찾기 힘들어진 요즘 같은 시대에, 그래서 어떤 이들은 굳이 팔곡의 산을 오르기 위해 하루 한 번 다니는 배를 타고 선착장에 내리기도 했으니 말이다. 그러나 우체부 김 씨에게 팔곡은 그냥 기분 나쁜 외딴 마을, 그 이상도 이하도 아니었다. 만약 우체부의 전체 인원수가 지금보다 많고 그래서 다들 적당한 시간에 출근하여 적정한 양의 편지를 배달한 뒤 저녁에 집으로 돌아갈 수 있다면, 팔곡같이 음침한 동네에 가서 백살이 다 되어가는 노인들에게 의미 없는 우편물을 전달해주는 일 따윈 하지 않아도 됐을 테니까. 게다가 댐 전망대까지 가는 동안 들르는 모든 선착장에서—팔곡을 포함해 총 다섯 개 마을이 있었는데, 다행인지 불행인지 몇 년 사이에 그중 셋이 사라져버리고 말았다— 그는 미친 듯이 뛰어서 집집마다 우편물을 배달한 뒤 숨이 턱에 닿도록 달려 다시 배에 올라타야만 했다. 어느 날엔가는 달리는 도중 갑자기 왼쪽 팔이 저리고 심장이 뜯기는 것처럼 아파서 길바닥에 쭈그린 채 데굴데굴 구른 적이 있었다. 그 주에 하루 휴가를 내고 읍내 의원에 갔더니, 나이 든 의사가 안경 너머로 무섭게 노려보며 이렇게 말했다.

"조심하라고. 자네 나이에 과로로 인한 심장마비사가 얼마나 많은지 알아?"

우체부는 심장이 아프면 먹으라는 설명과 함께

검은색 조그만 병에 든 알약을 처방받았고, 약국 의자에 앉아 그걸 멍하니 들여다보았다. 어쩌면 우편 가방을 멘 채 길에서 죽을지도 모른다. 그런 생각을 하자 몸서리가 쳐졌다.

"그때 확 떠오르더라고요! 우체국 뒤편 창고에 쌓여 있는 우체통들 말이에요."

아이디어가 떠오르자마자 우체부는 곧바로 실행에 옮겼다.

어느 일요일, 그는 댐 전망대로 가는 배에 올랐다. 선장이 작은 조타실 안에 앉아 담배를 피우며 밖을 내다보고 있었다. 그러다가 우체부를 보더니 턱짓을 했다.

"노는 날 웬일이쇼? 그건 또 뭐고?"

우체부는 밀고 온 카트를 돌아봤다. 거기엔 새빨간 우체통 하나가 덩그러니 실려 있었다.

"팔곡마을에 가려고요. 선착장에 이걸 설치할 생각이거든요."

그러자 선장은 의아한 표정을 지었다. 좀처럼 조타실에서 나오는 법이 없는 그가 밖으로 나오더니 우체통을 이리저리 살펴봤다.

"어디서 난 거요? 이걸로 뭘 하려는 거지?"

우체부는 왠지 의기양양해져 싱글대며 설명했다.

"어디서 나긴요. 당연히 우리 우체국 창고에서 들고 나왔죠. 어차피 고철이에요. 쓸 데도 없고 그렇다고 어디 고물상에 팔아먹을 것도 아니라, 그저 잔뜩 쌓인 채 먼지만 뒤집어쓰고 있던 거라고요. 전엔 이 빨간 우체통이 길모퉁이마다 하나씩 있었지만, 이젠 아무도 편지를 쓰지 않으니 무용지물이 되고 만 거죠. 여하튼 그래도 이거, 나름 손질해서 가져온 거라고요. 창고에서 제일 쓸 만한 놈으로 골라 우체국 뒷마당에 신문지를 깐 다음 정성껏 페인트칠을 했으니까요."

선장은 팔짱을 긴 채 고개를 끄덕이며 우체부의 말을 들었다. 그러고도 신기한지 다시 한 번 우체통을 만져보는 것이었다.

팔곡에서 내린 우체부는, 마을 이장인 피 노인의 집으로 향했다. 선착장에서 그리 멀지 않은 그 집 파란 대문엔 손으로 쓴 글씨로 '민박·식사 일체'라고 적혀 있었다. 물론 거기에 민박 손님이 오지 않은 지도 벌써 한참 되어가겠지만 말이다.

마당에 쭈그리고 앉아 그물에 걸린 민물고기를 떼어내던 노인이 위를 올려다봤다. 눈이 부신지 얼굴을 잔뜩 찡그리고 있었다.

"아니, 김 씨 아닌가? 노는 날 웬일이야?"

우체부는 카트에 실린 우체통을 손으로 가리켰다.

"어르신, 보여드릴 게 있어서요. 이건 제 생각인데, 한번 들어보시겠어요?"

그러면서 그는, 늙어갈수록 왜 운동이 필요한지, 선착장까지 걸어와 우체통에 든 편지를 직접 꺼내 가는 일이 얼마나 몸에 좋은지에 대해 자세히 설명했고, 노인은 별 이견 없이 우편함 설치에 동의했다.

"그래서 그때부턴 배에서 내리지 않고 우편물을 배달할 수 있게 됐던 겁니다. 배가 선착장에 닿으면, 난 팔을 최대한 길게 뻗어 우편함에 편지를 집어넣었고요. 그렇게 일주일에 두 번 정도씩 들른 지 한 3년쯤 됐는데, 그런데 어제는…… 그게 꽉 차 있더라, 이겁니다."

"뭐가 꽉 차 있었다는 겁니까?"

무슨 말인지 몰라 되묻는 이 순경에게, 우체부
가 주먹에 잔뜩 힘을 주며 소리쳤다.

"우편함 말이에요. 내가 손수 페인트를 칠해서
나사못으로 바닥에 고정해둔 그 우편함. 지금까지
단 한 번도 비워지지 않은 적이 없던, 바로 그 우
편함! 그런데 오늘 아침 가보니, 지난번에 넣어둔
우편물들이 그대로 남아 있지 뭐예요. 그래요, 그
건 이상한 징조였어요. 뭔가, 일어나선 안 될 일이
일어났을 것 같은 느낌이라고나 할까요."

빨간 우체통 안에 손도 안 댄 우편물들이 쌓여
있는 걸 보며 우체부는 불길한 예감에 사로잡혔
다. 그는 조타실을 돌아봤다. 작은 창으로 선장의
얼굴은 보이지 않고 담배 연기만 하얗게 새어 나
오고 있었다. 우체부는 큰 소리로 외쳤다.

"선장님, 마을에 좀 가봐야겠어요!"

그제야 선장이 창으로 머리를 내밀었다.

"갑자기 왜 그러는데?"

"좀 이상한 일이 있어서요. 아무래도 마음에 걸

리는 게, 영 찜찜하네요. 지난번에 두고 간 편지
들이 그대로 있거든요. 어르신들한테 무슨 변고
라도 생긴 건 아닌지 걱정이 돼요. 얼른 둘러보고
올 테니 잠깐 기다릴 수 있지요?"

선장은 난감한 듯 어깨를 긁었다. 담배를 입에
문 채였다.

"뭘 거기까지 들어가? 너무 오버하는 거잖아.
생각해보라고, 노인네들이 우편물을 안 가져갈
수도 있지. 나도 때론 우편함에 있는 고지서를 못
보고 지나치는데, 늙은 사람들이 오죽하겠어? 아
니, 그보다도 다들 어디 놀러 갔을 수도 있잖아.
그러니까 내 말은, 자식들이 효도 관광을 보내드
렸을 수도 있다는 거지. 요즘 단풍철이기도 하고.
듣기론 국도를 돌아서 나가는 길이 경치가 그렇
게 좋다며?"

그래도 우체부가 고집을 피우자 선장은 담배
연기를 내뿜으며 멀리 댐이 있는 쪽을 바라봤다.
어느새 회색 구름이 하늘을 뒤덮고 호수의 물결
이 조금씩 거세지고 있었다.

"알았어. 어쩔 수 없지. 정 마음이 안 놓인다면

가보는 수밖에. 다만, 그동안 여기서 마냥 기다
릴 순 없으니까—알잖아? 전망대까진 정시에 도
착해야 해. 게다가 오늘은 관광객도 두어 명 있으
니— 난 먼저 출발할게. 전망대에 갔다 오는 동안
자넨 마을을 둘러보라고. 이따 다시 들러 태워갈
테니. 참, 그 우편물, 그건 날 줘. 내가 전망대 사
무실에 대신 전달해줄게."

우편물 가방을 받아 조타실 구석에 내려놓고
선장이 말했다.

"배 돌아오는 시간은 알지? 늦지 말고 나와 있
어야 하네."

배를 출발시키며, 선장은 작은 창을 통해 한참
을 내다봤다. 그 얼굴 위로 산그늘이 천천히 내려
오고 있었다.

*

우체부는 선착장에 우두커니 선 채 멀어져 가
는 배를 바라보았다.

문득 말도 안 되는 상상이 들어 그는 몸을 부르

르 떨었다. 배가 영원히 돌아오지 않을 것처럼 느껴졌기 때문이다. 지금이라도 늦지 않았어. 우체부는 자기도 모르게 속으로 중얼거렸다. 거기 서요, 선장님. 생각이 바뀌었으니 배를 돌리라고요. 그래요, 아마 노인들은 단체로 관광을 떠난 걸 거예요. 그러니 당연히 우편물을 챙기지 못했겠죠. 그러니까 어서 돌아와 날 태워 가라고요.

이렇게 외칠까도 생각해봤지만, 곧 고개를 저었다. 역시 바보 같은 망상이었다. 대체 두려워할 일이 뭐가 있단 말인가. 그래봤자 노인 몇이 모여 사는 작은 마을이었다. 웬만해선 누가 찾아오기도 힘든 오지 중의 오지. 이런 곳에 다른 뭔가가 있을 리 만무했다. '다른 뭔가라니? 지금 대체 무슨 생각을 하는 거야?' 우체부는 옆에 누가 있기라도 하듯 일부러 킬킬 소리 내어 웃었다. 만약 정말로 이런 데서 뭔가가 나타난다면, 필경 그건 곰이나 호랑이 정도의 동물이리라. 하긴 호랑이는 몰라도 곰이 없다고 할 순 없겠지만 말이다. 실제로 이쪽 계곡은 아니지만 여기서 그리 멀지 않은 산에서 반달곰을 봤다는 사람이 있기는 했다.

그러다 문득 손목시계를 보고 우체부는 정신을 차렸다. 배는 한 시간 뒤에 다시 올 것이다. 그 안에 마을을 돌아보고 여기 와 있어야 한다.

　그는 우편함 뒤 구멍에 열쇠를 넣고 돌렸다. 그런 다음 고리를 잡아당기자 안에 있던 우편물들이 우수수 떨어졌다. 지난주에 두고 간 것들이 손도 대지 않은 채 그대로 쌓여 있었다. 바닥에 앉아 그것들을 하나씩 분류해보았다. 웰다잉협회라는 곳에서 온 건 봉투도 제대로 붙어 있지 않았다. 우체부는 주위를 한번 둘러보고는 안내문을 꺼내 쓱 훑어봤다. 내용은 별것 없었다. 연명의료에 대한 사전의향서 작성을 안내하는 지극히 건조한 내용의 글이 몇 줄 적혀 있었다. 특이한 건, 그게 이 마을에 있는 여덟 집 모두에 배달됐다는 것이다. 어쨌든 우체부는 거기 적힌 내용을 대충 읽었고, 연명의료를 거부하겠다는 의향서를 쓰려면 여기서 가까운 큰 도시—W시 같은 곳 말이다—로 나가 건강보험공단을 직접 방문한 뒤 서류에 서명해야 한다는 사실을 알게 되었다. 물론 그는 그런 의향서 따위가 자기에겐 전혀 필요하지 않다고 여겼다. 그런 데다 서명을 하는 이들은 다 늙어서 언제 죽을지 모르는 노인들뿐이었다. 젊고 기운이 넘치고 살아갈 날이 살아온 날보다 많은 대부분의 사람들은 그런 서류가 세상에 존재하는 줄도 모를 것이다.

"하아……."

한숨을 길게 내쉬고 우체부는 우편물을 도로 가지런히 정리했다. 웰다잉협회 안내문은 다시 잘 접어 봉투에 집어넣었다. 그러면서도 여러 번 뒤를 힐끔힐끔 돌아봤는데, 어디선가 바스락 소리가 들렸을 땐 화들짝 놀랐지만, 알고 보면 그건 모두 바람이나 낙엽 혹은 선착장 시멘트 구조물에 부딪는 물결 소리에 불과했다.

5분 정도 우편함 앞에 서 있던 우체부는 결심한 듯 발걸음을 옮겼다. 그래, 피 노인만 만나보고 가자. 그 노인이라면 다들 어디서 뭘 하는지, 왜 이번 주엔 아무도 우편물을 찾아가지 않았는지 설명해줄 테니까.

우체부는 자갈과 흙으로 덮인 길을 빠르게 걸었다. 양옆으론 아직 베어내지 않은 옥수숫대가 누렇게 시든 채 서걱서걱 소릴 내고 있었다.

낯익은 파란 대문 앞에서 그는 최대한 활기차게 외쳤다.

"어르신, 계세요? 접니다, 우체부 김 씨요."

한동안 문 앞에서 기다리다 말고 문을 슬쩍 밀어보았다. 역시나 잠겨 있지 않았다.

그럼 그렇지. 우체부는 그제야 기이한 안도감에 피식 웃었다. 선장 말마따나, 모든 사람이 우편함에 있는 우편물을 매번 꼬박꼬박 찾아가는 건 아니다. 어떤 이들은 잊어먹고 안 가져가기도 하고 또 어떤 이들은 일부러 안 찾아가기도 하니까. 팔곡의 노인들도 마찬가지였으리라. 어쩌면 지난 주말 이 마을은 무척 바빴을지도 모른다. 그리고 오늘은, 그래, 이렇게 마을이 조용한 이유는 따로 있겠지. 아마 다 같이 모여 그물을 수선하고 그런 다음 모두 함께 전을 부쳐 먹은 뒤 막걸리를 잔뜩 마신 채 거나하게 취해 마을회관에 잠들어 있을 것이다. 그러고 보니 오래전 피 노인에게 들었던 이야기가 떠올랐다.

"여기선 다 그래. 마을회관이 집이나 마찬가지

지. 툭하면 모두 모여 음식을 해 먹고 아예 거기
서 자기도 하거든."

그때 우체부는 그물에 대해서도 물어봤었다.

"그걸로 뭘 좀 많이 잡나요?"

"많이는 못 잡아. 그렇다고 해도 반찬 해 먹을
정도는 충분하지. 사실, 여기선 모든 게 자급자족
이야. 쌀만 있으면 직접 잡은 물고기랑 텃밭에 가
꾸는 채소로 어떻게든 먹고산다고. 안 그러면 생
활비를 감당할 수도 없고. 기초연금이라고 해봤
자 얼마 안 되니까 말이야. 뭐, 알다시피 공공근
로 자리가 많은 것도 아니고."

그때 역광 때문에 검은 실루엣으로만 보이던
피 노인을 생각하며, 우체부는 대문을 열고 안으
로 들어갔다.

"아무도 안 계세요?"

그는 대여섯 걸음도 안 되는 좁은 마당에 서서
안쪽을 기웃댔다. 집 안은 인기척도 없이 조용했
다. 잠들어 있나? 우체부는 나무로 된 갈색 틀에
젖빛유리가 끼워진 미닫이문을 옆으로 밀었다.

"실례합니다, 어르신. 좀 들어갈게요."

신발을 벗으며 그는 바닥에 놓인 슬리퍼와 장화부터 보았다. 가지런히 정리되어 있었다.

마루로 올라서자 짙은 먼지 냄새가 코를 휘감았다. 산그늘 때문인지 아직 낮인데도 어두컴컴했다. 오른편에 난 작은 창을 통해 옅은 빛이 비쳐들었다. 그 빛줄기 속에서 먼지가 둥둥 떠다니는 낯선 집 마루에 서 있는 기분은 묘했다. 오래전부터 아무도 살지 않은 듯 적막이 가득했는데, 그 정적의 무게가 어찌나 무거운지 갑자기 우체부는 어깨를 움츠렸다.

그는 발끝으로 조심조심 걸어 정면에 보이는 방문을 열었다. 끼익. 소리가 생각보다 너무 요란해서 그는 또 한 번 깜짝 놀랐다. 잠시 서 있다가 숨을 깊게 들이마신 뒤 안을 들여다보니, 피 노인이 바닥에 이불을 덮고 가만히 누워 있었다.

"어휴, 어르신, 계시면 대답 좀 하시지 그러셨어요?"

우체부는 반갑게 떠들며 이부자리로 다가갔다. 그러고는 조심스럽게 이불을 걷어내다 말고 자기도 모르게 소리를 지르며 뒷걸음질을 쳤다. 이불을 머리까지 덮고 누워 있는 건 피 노인이 아니라 빗자루 모양으로 묶은 옥수숫대 다발이었다.

피 노인의 집에서 달려 나온 우체부는 대문 앞에서 한동안 멍하니 서 있었다.

막상 밖에 나와 생각해보니 너무 호들갑을 떤 것 같아 머쓱해졌다. 하긴 옥수숫대를 모아 만든 뭔가를 이불 속에 넣어둔 게 그리 이상한 일은 아닐 수도 있다. 아무래도 노인 혼자 사는 집 아닌가. 누군가가 몰래 들어왔을 때 빈집처럼 보이지 않으려면 그렇게 해두는 것도 한 가지 방법일 수 있다. 논이나 밭에 세워둔 허수아비도 다 그런 목적으로 만들어놓은 걸 테니까.

문득 우체부는 조용한 시골길에 선 채 큰 소리로 웃었다. 역시 너무 겁을 먹었어. 그러다 보니 별것도 아닌 일에 혼자 놀라 이 꼴이 나는 거야. 그래, 노인들에겐 아무 일 없겠지. 아마 마을회관에 다들 모여 있을 게 확실해. 당연하잖아.

손목시계를 보고 나서 그는 잠시 망설였다. 아직 배가 오려면 시간이 좀 남았다. 지금 내려가면 적어도 30분은 혼자 우두커니 선착장에 서 있어야 하는 거다. 그러느니 얼른 마을회관까지만 가보고 오는 건 어떨까? 그러다가 우체부는 마구 머리를 흔들었다. 그는 겁이 많아서 공포영화를 보지 않았지만, 어쩌다 본 영화에서 가장 먼저 죽는 인간들은 언제나 쓸데없는 호기심 때문에 희생당하는 이들이었다. 그들은, 가지 말아야 할 곳에 갔고 알지 말아야 할 일을 알려다 비참한 최후를 맞았다.

'하지만 지금 이건 공포영화가 아니니까. 그래, 여긴 현실이라고. 현실.'

결국 그는 마을회관에 가보기로 결심했다. 여기까지 온 이상 끝까지 확인을 해야 속이 편할 것 같았다.

점점 좁아지고 비탈져가는 산길을 걸으며 우체부는 자전거가 있다면 얼마나 좋을까 생각했다. 이제 길 양옆으로는 옥수수밭도 끝나고 이름 모를 농작물과 잡초가 뒤엉킨 채 누렇게 시들어가고 있었다. 언젠가 비닐하우스 재배를 했었는지 너덜너덜한 검은 비닐 조각과 녹슨 채 휘어진 굵은 파이

프들이 밭 여기저기에 흩어져 있었다. 멀리 산그늘 속에서 까마귀인지 까치인지 알 수 없는 검은 새 몇 마리가 긴 울음소릴 내며 푸드덕댔다.

*

"여기가 마을의 끝인가요?"

오래전 마을회관 앞에서 숨을 몰아쉬며 물었을 때, 피 노인은 뒷짐을 짚고 선 채 고개를 저었다. 그러고는 물고 있던 담배를 다른 손으로 옮기더니, 앞을 가로막고 있는 산처럼 솟은 고개를 가리켰다.

"아니야. 이 길은 저 고개를 넘어 계곡 입구까지 이어진다네. 그쪽에도 집이 두어 채 있긴 한데, 지금은 아무도 살고 있지 않아. 하긴 그러고 보니 이제 여길 마을의 끝이라고 해도 상관은 없겠군. 지도상으론 저 너머까지 마을의 경계지만, 어차피 사람의 발길이 닿는 건 여기까지니까."

공동 우편함을 설치하러 왔던 날, 그는 피 노인을 따라 마을회관까지 와봤었다. 회관은, 그 명칭에 어울리지 않는 평범한 주택의 외양을 하고 있었다. 보통은 멋들어진 나무 명패에 '팔곡리 마을회관'이라고 새겨놨을 법도 한데, 그런 것도 아예 없었다. 대신 누군가가 매직으로 대충 쓴 듯 '마을회관'이라고 적힌 빛바랜 아크릴판이 대문이 있던 자리 기둥에 붙어 있을 따름이었다. 피 노인의 설명에 의하면, 이곳도 원래는 누군가 살던 집이었다. 그러다 어느 날 아무도 살지 않게 되었고, 텅 빈 집을 그냥 마을회관으로 쓰자는 데에 모두 동의했다는 거다.

우체부는 그날 노인이 재미있다는 듯 주절주절 늘어놓던 얘기를 떠올렸다.

"어쩌다 집이 텅 비었나요?"

"다 죽었거든. 여기 살던 사람들, 배 씨네 말이야. 왜 죽긴, 당연히 늙어서 간 거지. 내가 발견했어. 마지막엔 할망구 혼자 남아 있었는데 며칠째 조용하길래 가봤더니, 벌써 썩어가고 있더라고."

그러면서 큭큭 웃는 피 노인에게, 우체부는 뭐라 대답해야 할지 몰라 허둥대다가 아무 말이나 던져버렸다.

"그럼 이 마을회관, 집주인은 따로 있겠네요. 그 돌아가신 분의 자제들이라든지 뭐 그런 사람들 말이에요."

그러자 아무 감정도 실리지 않은 건조한 목소리로 피 노인이 천천히 중얼거렸다.

"있기야 있었지. 이 집 장남. 그런데 사라졌어. 주민등록도 다 말소됐다더군. 어디서 뭘 하는지 아무도 몰라. 죽었는지 살았는지조차. 그래서 이렇게 우리가 그냥 쓰고 있는 거야. 나중에 혹시 돌아오면, 뭐 그땐 다시 돌려주면 되지. 안 그런가?"

'이럴 줄 알았으면 그때 회관 안에도 들어가 보는 건데.'

우체부는 그날 피 노인을 따라 들어가 보지 않은 걸 뒤늦게 후회했다.

회관은 적막하리만치 조용했다. 3년 전 처음 와봤을 때와 달라진 건 거의 없었다. 아크릴판에 적힌 '마을회관'이라는 글자가 더 희미해진 정도?

들어가기 전 대문이 있던 자리를 꼼꼼히 살폈다. 예전에 살던 사람의 이름 같은 게 있나 찾아

보기 위해서였지만 그런 건 어디에도 없었다.

마당으로 발을 들이자 어디선가 사그락 하는 소리가 들리는 바람에 깜짝 놀라 멈췄다. 가만히 귀를 기울이니 아무래도 그건 쥐나 다람쥐, 청설모 같은 것들이 갑작스러운 인기척에 놀라 달아나는 소리 같았다.

"계십니까? 안에 아무도 안 계세요?"

왠지 쓸모없는 짓이라 생각하면서도, 우체부는 마치 누군가가 안에 있어서 자기 목소릴 듣기라도 할 것처럼 크게 외쳤다.

마당은 그리 넓지 않았고 온갖 잡동사니들이 구석에 쌓여 있었다. 파란 물통, 녹슨 철제 의자, 비료 포대, 골동품이라 해도 될 법한 갖가지 물건들.

주택은, 아니 마을회관은, 특이하게도 양옥이었다. 1980년대 즈음 한창 유행했던 전형적인 모습의 농촌 가옥. 격자무늬 유리가 끼워진 알루미늄 재질의 현관문은 굳게 닫혀 있었다. 우체부는 손잡이를 잡고 가만히 서 있었다. 문을 여는 순간 뭔가 끔찍한 장면이라도 보게 될 것 같은 불길한 예감에 사로잡힌 탓이다.

잠시 후 그는 떨리는 손으로 현관문을 잡아당겼다. 덜컹.

그러나 문은 열리지 않았다. 힘껏 잡아당겼지만 소용없었다.

"역시 잠겨 있군."

보란 듯 큰 소리로 외치다 말고, 이번엔 슬쩍 밀어보았다. 제발 열리지 않길 바라면서. 그렇지만 문은 기름칠이라도 해놓았는지 소리도 없이 스르륵 열렸다.

회관 안은 어둡고 조용했다. 아까 피 노인의 집에 고여 있던 것과 같은 기묘한 정적이 이곳에도 가득했다. 컴컴한 현관으로 들어서자 일순 앞이 보이지 않아 우체부는 손으로 공간을 더듬었다. 잠시 시간이 지나 동공이 서서히 커지면서 내부가 눈에 들어왔다. 그것은 70년대 후반에서 80년대 초반 양식으로 지어진 양옥 특유의 인테리어를 간직하고 있었다. 아마도 여기 살았던 이들은 예전엔 꽤나 부유했던 게 틀림없다. (우체부는 이 일대가 한때 고랭지 배추의 주산지였음을 떠올렸다. 지금은 어떻지? 이런 의문이 잠깐 떠올랐지만, 곧 잊고 말았다.) 벽은 전체가 나무로 마감되어 있었고 마룻바닥은 커다란 정사각형 모양의 널로 짜여 있었다. 벽에는 괘종시계가 하나 걸려 있었는데, 유리엔 '군수 이○○ 기증'이라는 글자가 보였다. 가까이 다가갔지만 이름은 지워져 알아볼 수 없었다.

거실 왼쪽으로 문이 꼭 닫힌 방이 보였고 맞은편엔 주방으로 향하는 입구가 있었다. 싱크대에는 물기 하나 없었고 옆에서 부웅 소리를 내며 돌아가는 구식 냉장고를 열어보니 커다란 김치통 하나와 물 두 병이 들어 있을 뿐이었다. 다시 마루로 나온 우체부는, 아까부터 마음에 걸리던 그 방의 닫힌 문 앞에 멈춰 섰다.

이제 이 문을 열면 그는 돌이킬 수 없는 선택을 하게 된다. 그러니까 이 텅 비어버린 마을에서 노인들이 모두 모여 백골이 된 채 켜켜이 쌓여 있는 광경을 보게 될지도 모르는 것이다. 만약 정말로 그런 걸 보게 된다면, 바로 그 순간부터 영원히 악몽에서 벗어나지 못할 것이며 밤이면 밤마다 노인들의 삐그덕대는 시체를 꿈꾸게 되리라.

"하지만 그럼에도 불구하고, 난 문을 열었습니다. 네, 그래요. 인간은 결국 진실을 마주해야 하는 법이니까요."

왠지 허세를 부리며 말하는 우체부의 태도에 박 경위의 반감은 점점 커졌다. 저 말 많은 인간이 빨리 진술을 끝내야 마을에 가보든가 말든가 할 것 아닌가. 그건 이 순경도 마찬가지인 것 같았다. 우체부에게 되묻는 목소리가 점점 더 까칠해지는 걸 보면 알 수 있었다.

"그래서요? 안에 대체 뭐가 있었습니까, 예?"

그러나 우체부는 대답 대신 이 순경을 빤히 쳐다봤다. 그러고는 박 경위 쪽을 한번 스윽 보더니 고개를 설레설레 젓는 것이었다.

"경관님 생각엔 뭐가 있었을 것 같으세요?"

이렇게 되묻고는 또 잠시 가만히 있던 우체부가 어깨를 으쓱했다. 그의 손끝이 미세하게 떨리고 있었다.

"그러니까 제 말을 좀 끝까지 들어보라는 거예

요. 아시겠어요?"

우체부는 문을 밀었다. 그것도 아주 조금만.

하지만 틈으로는 아무것도 보이지 않았다. 그저 어둠뿐.

용기를 내 조금 더 열자, 오래된 자개장이 놓여 있는 직사각형의 방이 보였다. 텅 빈 방. 그리고 당연한 얘기지만, 거기엔 아무도 없었다. 즉 노인들은 그 섬, 아니 섬처럼 고립된 그 마을에 아예 존재하지 않았던 것이다.

공포가 밀려온 건 그 순간이었다. 바깥이 갑자기 엄청나게 어두워졌다는 걸 깨달은 것도 바로 그때였다. 작은 창으로 잔뜩 흐린 하늘이 보였다. 곧 비바람이 몰아칠 듯 가라앉아 있었다. 우체부는 천천히 뒷걸음질을 쳐서 마을회관 밖으로 나왔다. 안에 도사리고 있을지도 모를 뭔가에게 등을 보이고 싶지 않았기 때문이다.

'마을회관'이라고 적힌 아크릴판이 붙어 있는 기둥 앞에서, 숨을 몰아쉬며 앞쪽을 바라보았다. 수직으로 깎아내린 듯한 고개가 눈앞에 있었다.

—이 길은 저 고개를 넘어 계곡 입구까지 이어
진다네. 그쪽에도 집이 두어 채 있긴 한데, 이젠
아무도 살고 있지 않아.

오래전 공동 우편함을 설치하러 왔을 때 들은
피 노인의 말이 다시 떠올랐다.

고개를 넘어가는 길은, 허리까지 자란 잡초에
파묻혀 보이지 않았다. 하지만 마치 뭔가가 부르
기라도 한 듯, 우체부는 자기도 모르게 조금씩 그
쪽으로 다가가고 있었다.

"아악!"

그때 누군가가 어깨를 잡는 바람에 우체부는
공포에 찬 비명을 질렀다.

"아니, 왜 이래? 나야, 나. 선착장에서 기다리
는데 하도 안 오길래, 게다가 전화를 걸어도 받질
않으니. 어쩔 수 없이 여기까지 온 거라고. 그나
저나 뭘 그렇게 놀라? 나 원 참."

뒤를 돌아보니, 선장이 숨을 헐떡이며 서 있었다.

"하여간 서두르라고. 빨리 출발해야 해. 배에
있는 손님들한텐 겨우 사정을 설명하고 왔으니까
말이야."

우체부는 잠깐 망설였다. 저 고개 너머에 가봐야 하는 거 아닌가.

그러나 결국 그는 선장을 따라 돌아섰고, 얼마 뒤엔 선실에 앉아 있었다.

*

"아니, 그러니까 선생님 말씀은 지금 이거잖아요. 노인들이 마을회관에 없더라, 그런데 다른 집은 확인해보지도 않았다. 맞지요?"

박 경위는 한숨을 쉬며 되물었다. 대체 이 오지랖 넓은 우체부는 뭘 말하려는 걸까. 어쨌거나 팔곡엔 가볼 생각이었다. 분명 어제나 오늘 아침 팔곡마을 노인 전원이 조그만 봉고차를 대절해서 타고 남쪽 어디론가—아마도 다도해해상국립공원 같은 곳 아닐까— 떠난 거겠지만, 그래도 가볼 필요는 있었다. 사실 이게 다 그놈의 인터넷 때문이었다. 아니, 좀 더 상세히 말하자면 인터넷으로 아무 때나 어디든 접속할 수 있는 세상이 문제라고 해야 할까. 민원인들은 툭하면 주머니에서 스마트폰을 꺼내 동영상을 찍으며 눈을 부릅떴다.

"그래, 좋아요. 어디 한번 계속해보시지. 그런데 그 전에 먼저 당신 소속하고 직급부터 밝히는 게 좋을 거야. 경찰청 홈페이지에 들어가 신고하려면 정확한 정보를 써야 하니까."

그런 식으로 민원이 제기되면 곧바로 시정명령이 떨어졌고, 그때마다 그는 말도 안 되는 내용의 시말서를 작성해 상급 기관에 보내야 했다. 따라서 지금 박 경위가, 점점 흐려져가는 하늘과 논밭, 스산하게 흔들리는 나무를 배경으로 우두커니 서 있는 이 조그만 파출소 안에서 참을성 있게 우체부의 말을 듣고 있는 이유는 결국 단 하나였다. 시민에게 친절히 대해야 한다는 대한민국 경찰의 제1강령 말이다. 그리고 박 경위가 생각하기에 이 강령은 악당을 잡아야 한다거나 범죄를 예방해야 한다는 경찰 본연의 업무보다도 훨씬 상위에 존재하고 있었다.

"음…… 다른 집을 확인하지 않은 건 가고 싶지 않아서가 아니었어요. 어차피 없을 거란 걸 알았기 때문이지요."

"그러니까 우리가 궁금한 건, 그런 생각을 하게 된 뭔가 특별한 이유나 단서가 있었냐는 겁니다."

놀랍도록 인내심 강한 어조로 이 순경이 다시 물었다.

"물론이죠. 있어요. 내가 알아요. 그 노인네들은 지금까지 단 한 번도 마을을 비운 적 없으니까요. 그런데 왜 갑자기 다들 사라져버렸겠어요? 무슨 사달이 나지 않고서야 그럴 일이 없지 않겠느냐고요."

결국 우체부 김 씨가 원하는 것은 이거였다. 자기와 함께 팔곡마을에 가보자는 것. 거기 가서 별다른 문제가 없는 걸 확인한 뒤 같이 저녁 배를 타고 돌아오자는 것.

"배는 이미 끊겼지만, 선장에게 부탁하면 될 거예요."

박 경위는 조용히 고개를 끄덕였다. 어쨌든 시골 마을이고, 여기서 경찰은 온갖 독특하고 기이한 업무를 다 수행해야 했다. 일종의 해결사 비슷하다고 보면 될까. 따라서 어느 한적하고 외따로 떨어진 마을에 노인들이 안 보인다면, 가서 그들에게 아무 일도 없고 그저 잠시 어딘가로 관광을 떠났을 뿐이라는 사실을 확인시켜주고 돌아오는 것 역시 경찰의 주요한 업무라고 할 수 있었다.

박 경위는 우체부를 경찰차 뒷좌석에 태웠다.

시동을 걸자 우체부가 또다시 중얼거렸다.

"서둘러야 할 거예요. 요즘은 해가 짧으니까요."

선착장에 도착하니 사위가 컴컴했다. 아무리 해가 짧아졌다고는 해도 아직 이렇게까지 어두워질 시간은 아닌데. 박 경위는 시계를 보며 생각했다. 하늘이 온통 먹구름으로 뒤덮여 있는 걸 보니 곧 폭풍우가 몰아칠지도 모른다.

배는 불을 밝히고 있었다. 작은 조타실 창으로 담배를 피우며 앉아 있는 선장이 보였다. 살집이 있고 퉁퉁한 남자다.

박 경위와 우체부가 갑판에 올라서자, 선장은 머리를 내밀었다.

"수고들 하십니다. 이 저녁에 팔곡으로 들어가다니."

그러고는 우체부를 쳐다보더니 혀를 차는 것이었다.

"어휴, 내가 말했잖아. 그 노인들, 분명 어디 놀러 간 거라고. 바쁜 경찰 양반을 꼭 이런 일에 불러야겠어?"

그 말에 우체부가 퉁명스럽게 대답했다.

"선장님, 어르신들이 관광을 갔다면 분명 이 배를 타고 나왔을 거 아니에요? 안 그래요? 하지만 태워다준 적 없다면서요? 그러면 생각해보라고요. 그 마을에서—거긴 완전 섬이나 마찬가지잖아요— 노인들이 안 보인다면 그건 뭔가 변고가 있는 게 틀림없는 거 아니냐고요."

"아니, 그렇지 않아. 나가는 게 꼭 이 뱃길만 있는 건 아니잖아. 아예 국도를 타고 동해안까지 돌면서 가는 코스를 택했나 보지. 하여간, 이번엔 소장님이 특별히 부탁해서 가는 겁니다. 그렇지 않다면, 누가 이런 저녁에 호수로 배를 몰고 나가겠어요?"

선실은 그리 넓지 않았다. 벽 한쪽에 구명조끼 여남은 개와 검은 고무 튜브 대여섯 개가 걸려 있는 게 보였다. 바닥엔 장판지가 깔려 있고 낡은 담요가 개켜져 있었다. 박 경위가 선실 여기저길 둘러보고 있는데, 선장이 어깨를 구부정하게 하고 들어왔다.

"잘 아시겠지만 팔곡까진 30분 정도 들어가야 합니다. 그동안 여기 기대어 주무셔도 되고(그러면서 그는 구석에 쌓여 있는 베개 두어 개를 가리켰다) 아니면 제가 비디오를 틀어드릴 테니 그걸 보면서 가도 되지요."

우체부가 반색을 하며 외쳤다.

"비디오라……, 그거 좋겠네요. 뭐 재미있는 거라도 있어요?"

하지만 선장은 무뚝뚝하게 고개를 저었다.

"재미는 없어. 전에 무슨 협회인가 하는 데서 홍보용이라며 하나씩 나누어준 건데, 평소에 그냥 배 안에 틀어놔 달라더라고. 하여튼 그래도 지루하게 가는 것보단 나을 테니까. 그러니까 소장님도 보고 싶으면 보시고, 편한 대로 하십쇼. 그럼, 전 이만 가보겠습니다. 더 늦기 전에 출발해야죠."

선장이 조타실로 통하는 작은 문을 열고 나가자, 박 경위는 긴 한숨을 쉬며 선실 바닥에 털썩 주저앉았다. 갑자기 하루의 피로가 한꺼번에 몰려오는 느낌이었다. 제길. 대체 노인들은 왜 한곳에 가만히 있지 않는 걸까. 힘도 없고 관절도 안 좋다면서 툭하면 그들은 여기저길 돌아다녔고 길을 잃거나 버스에서 굴러떨어지고 계단에서 다쳤다. 다친 노인네들이야 병원에 들어가 누우면 그만이다. 그러나 남은 가족들은? 그들은 도대체 무슨 죄가 있어서 그런 존재들, 살아 있되 살아 있다고 하기도 애매한, 삶과 죽음의 중간인 회색지대를 맴도는 이들에게 발목을 잡혀야 하는가 말이다.

그때 선실 천장 바로 구식 브라운관 TV에서 '지지직'대는 소리가 요란하게 들렸다. 거의 바닥에 널브러져 있던 우체부가 벌떡 일어나 자세를 바로 하고 앉았다.

"이제 나오려나 봐요, 소장님. 좀 재밌는 거면 좋겠는데."

하지만 화면은 밝아지지 않았고 계속해서 귀에

거슬리는 잡음과 함께 온통 노이즈만 가득했다.
참다 못한 우체부가 일어서서 브라운관 TV의 옆
면을 손바닥으로 세게 치려는 순간, 갑자기 잡음
이 사라지더니 영상이 시작됐다.

*

처음에 화면엔 작고 빛나는 점이 하나 나타났
다. 그 점은 점점 커지며 밝아지더니 잔잔하면서
도 어딘지 모르게 우울한 음악이 깔리는 속에서
물결처럼 흔들리는 '웰다잉—죽음을 이기는 법'
이라는 제목으로 바뀌었다. 글자들은 커졌다 작
아지기도 하고 흐려졌다 진해지기도 했다. 빙글
빙글 돌며 회전하는가 싶더니 다시 위아래로 요
동치듯 빠르게 흔들렸다. 음악은 이제 우울함을
넘어 장중한 느낌까지 뿜어내고 있었다. 왠지 장
례식장에서 검은 옷을 입은 조문객들이 한 사람
씩 걸어와 관 속에 누운 자기 얼굴을 들여다보는
것 같아, 박 경위는 기분이 착 가라앉았다.

어느 순간 음악이 조금씩 잦아들더니 도인처럼

위아래 흰옷을 갖춰 입은 여자가 걸어 나왔다. 옷은 얼핏 보면 개량 한복 같아 보였지만 자세히 보니 그리스식 튜닉 같기도 했다. 여자의 얼굴은 새하얗고 핏기 하나 없었다. 어찌나 창백한지 이마 한가운데를 가로지르는 푸른 정맥이 비칠 정도였다. 잠깐, 그러고 보니 어디서 본 사람인데……. 박 경위는 묘한 기시감을 느꼈지만 아무리 기억을 더듬어도 떠오르는 건 없었다. 어쨌든 꽤나 미인이었기에 그는 홀린 듯 화면에서 눈을 떼지 못했다. 여자는 아무 말도 하지 않고 보라색, 분홍색, 하늘색이 수채 물감처럼 이리저리 번지는 화면 속에 가만히 서 있을 뿐이었다. 얼마나 지났을까, 그녀가 마치 복화술이라도 하듯 기묘한 형태로 입술을 움직이기 시작했다.

　―인간은 언젠가 죽습니다. 지금 이 영상을 보고 있는 여러분도 예외가 아닙니다. 죽음은 생명체라면 아무도 피할 수 없는 운명과도 같습니다. 그리고 무엇보다도 죽음은, 생명의 의미를 구성하는 가장 중요한 요소입니다. 만약 우리가 죽지 않는다면? 그렇다면 다른 생명이 이 땅에 탄생할

수 있을까요?

말을 멈춘 여자가 조용히 아래를 내려다봤다. 신처럼 모든 것을 다 알고 있다는 눈초리였다. 적어도 박 경위에겐 그렇게 보였다.

—그러나 죽음은 두려운 것이 아닙니다. 사실 죽음은 축복입니다. 만약 영원히 산다고 생각해보세요. 그 끝없는 인생이 얼마나 지루하겠습니까? 매일 반복되는 일상, 달라질 것 없는 나날들……. 결국 언젠가는 아침에 해가 뜨는 광경을 보고도 아무런 감흥을 느끼지 못하게 될 것입니다. 오히려 그 광경을 더 이상은 보지 않게 해달라고 애원하게 되겠죠. 그러니 늙는 것을 두려워하지 마세요. 생명체가 점점 늙어가다 마침내 죽음에 이르는 것은 자연의 장엄한 순환이며, 여러분은 그 순환의 중심에 서 있는 거니까요. 자, 그렇다면 우린 이 소중한 죽음에 어떻게 대비해야할까요? 그저 멍하니 앉아서 언제 도래할지 알 수 없는 마지막 순간을 기다리기만 해야 할까요?

여자는 고개를 퍼뜩 들더니 오른손 검지를 세워 좌우로 흔들었다.

―아니, 아닙니다. 절대 그래선 안 돼요. 생의 가장 중요한 순간을 그렇게 수동적으로 맞이하는 건, 결코 좋은 자세가 아니니까요. 여러분은, 우리 모두는, 좀 더 적극적으로 죽음을 대할 수 있습니다. 삶을 능동적으로 살아내듯 죽음 역시 능동적으로 다가갈 수 있다는 거지요.

　여자가 말을 멈추자 화면이 바뀌더니 잿빛 거리와 깊고 어두운 회색 운하가 나타났다. 건물은 비에 젖어 번들거리고 하늘엔 짙은 구름이 가득했다. 화면 속엔 추적추적 비가 내리고 길을 걷는 사람들은 하나같이 검은색 우산을 쓰고 있었다. 어디선가 다시 목소리가 들려왔다.

　―이곳은 암스테르담입니다. 네덜란드의 수도이지요. 여기에 바로 죽음에 능동적으로 임하는 이들이 살고 있습니다. 이 나라 사람들은 죽음에 굴복하지 않습니다. 그래요, 오히려 죽음을 제압하려고 하지요. 그럼 어떤 식으로 그렇게 할 수 있는 걸까요? 대체 죽음을 제압하고 죽음을 이긴다는 것은 무얼 말하는 걸까요? 네, 그렇습니다, 이곳에선 사람들이 스스로 죽음을 선택합니다.

병을 앓고 있는데 치료 가능성이 없다든가, 너무 늙어 하루하루를 살아가는 것이 힘들어 더는 삶을 지속하고 싶지 않을 때, 그들은 닥터를 부르지요. 그 앞에서 살고 싶지 않다, 이젠 삶을 놓아버리겠다, 라는 결심을 밝히면, 의사가 혈관 깊숙이 주삿바늘을 찔러줍니다. 편안히 세상을 떠날 수 있도록 말이에요. 그러고는 그 사람의 숨이 완전히 끊어질 때까지, 즉 죽음을 이겨낼 때까지—이 위대한 역설에 주목하세요. 죽음이 다가왔을 때 굴복한다면 그건 죽음에 압도당하는 겁니다. 그러나 먼저 죽음을 택한다면 그거야말로 죽음에 대한 승리가 되는 거니까요— 곁에서 지켜봐주는 겁니다. 놀라운 건, 이 나라에선 늙거나 병든 사람만이 이런 죽음을 택하는 게 아니라는 사실입니다. 젊고 건강하고 아무런 문제가 없어도 그저 삶을 지속하기 싫어지면, 의사를 불러서 생을 마감할 수 있는 겁니다.

문득 박 경위는 속이 울렁거렸다. 도대체 저 나라 사람들은 뭐지? 미친 거 아닌가? 게다가 의사는 무슨 죄가 있어서 남을 죽여줘야 하는 의무를

지닌단 말인가. 옆을 보니 우체부는 정신없이 화
면을 올려다보고 있었다. 할 수만 있다면 브라운
관 TV 안으로 빨려 들어가 잿빛의 암스테르담으
로 건너가려는 것 같았다.

잿빛 거리.

죽음을 이긴다는 사람들.

떨어지는 빗방울 속에서 그들은 웃고 있었다.
그런데 정말 웃고 있는 걸까.

어느새 화면은 바뀌어 이번엔 낯익은 풍경이
펼쳐졌다.

서울 혹은 우리나라 대도시 어딘가의 오래된
거리.

빛바랜 팔각정에서 노인 몇이 바둑을 두고 있
다. 옆에선 또 여남은 명의 노인들이 난간에 아무
렇게나 기대앉아 어딘지 알 수 없는 허공을 응시
한다. 저쪽 구석, 누렇게 시든 나무들 사이로 화
장을 진하게 한, 그래서 마치 조커처럼 그로테스
크한 얼굴의 노파가 박카스 두 병을 들고 이리저
리 배회한다.

아까보다 한층 차분하고 음산하게 여자가 중얼

거린다.

　―죽음을 이기지 못한 자들의 모습입니다. 잘 보세요. 어둠…… 절망…… 나락…… 한없이 아래로 아래로 떨어져 내리는 진정한 추락이 여기 있으니까요.

　대체 뭘 말하려는 걸까? 박 경위가 의아히 여기고 있을 때 그 모든 게 사라지더니, 바다가 나타났다. 푸른 하늘과 맞닿은 수평선이 시원하게 화면을 가로지른다. 새하얀 구름 아래서 물결이 부드럽게 일렁인다.

　―다행히 우리에겐 물이 있습니다. 인간은 물에서 태어나니까요. 최초에 어머니의 자궁은 물로 가득했고 거기서 당신은 세상에서 가장 편안한 자세로 둥둥 떠다녔지요. 만약 그곳으로 다시 돌아갈 수 있다면…… 물과 함께 한몸이 되어 영원히 위아래로 흔들릴 수 있다면…… 그렇다면 어떤 기분이 들까요? 생각해본 적 있나요?

　어느새 여자는 화면에서 사라졌지만, 바다는 여전히 일렁이고 있다. 파도는 높아졌다 낮아지며 부드럽게 찰싹이고, 물소리는 편안히 귓가에 부딪힌다.

박 경위는 선실 창을 통해 호수를 내다봤다.

물.

그래, 저기도 물이 가득하구나.

문득 '물'이라는 단어가 이상하게 여겨졌다. 맞아, 세상 전체의 물은 한 덩어리지. 그 한 덩어리의 거대한 물이 지구 곳곳에 흩어져 있는 거야. 수억 수천만 개의 빗방울도 호수와 합쳐지면 하나가 된다. 그는 지구가 물을 위해 생겨난 것임을 깨달았다. 물, 이라는 물렁물렁하면서도 단단한 덩어리를 담고 있는 거대한 그릇. 그게 지구 아니던가.

만약 그 덩어리와 하나가 된다면.

저 호수를 가득 채운 물속으로 잠겨들 수 있다면.

그렇다면 나도 오래전 언젠가처럼 평온해질 수 있을까.

그는 천천히 눈을 감았다. 어느새 몸이 흔들리고 있었다.

눈을 떠보니 푸른 하늘과 흰 구름.

잔잔한 파도 위에 띄워놓은 한 척 작은 배에 누워 있는 자기 자신을 보며 박 경위는 빙긋 웃었다. 후우, 이렇게 편안히 웃어본 게 언제였을까? 철이 들면서 그는 단 한 번도 진실되게 웃지 못했던 것 같다. 항상 꾸미는 듯 웃었기에 사진 속의 입꼬리는 한쪽만 치켜 올라가 있었다. 그래, 이 아래엔 물이 있지. 물이 나를 받쳐주고 있어. 저 안으로 자맥질해 들어가면 그 물이 부드럽게 몸을 감싸고, 나는 그렇게 서서히 녹아드는 거야.

　언젠가 텔레비전에서 봤던 다큐멘터리의 한 장면이 떠올랐다. 심해로 가라앉은 사람의 몸이 어떻게 되는가를 보여주는 내용이었다. 깊고 깊은 바다에서 인간의 몸은 말 그대로 녹아들었다. 피부가 녹고 피하지방과 근육이 녹고 마지막으로 뼈마저 깨끗하게 녹아서 바다와 한몸이 되는 걸 보며 박 경위는 부르르 떨었었다. 하지만 지금은 그것이 가장 아름다운 최후로 느껴졌다. 아무것도 남지 않는 것. 완전히 사라져버리는 것. 하나가 되는 것.

"정신 차리세요! 눈을 뜨라고요!"

어디선가 메아리처럼 들려오는 목소리에 박 경위는 힘없이 눈꺼풀을 올렸다. 하지만 아무것도 보이지 않았다. 그저 어둠뿐이었다. 다시 눈을 감고 물의 편안함으로 되돌아가려는 순간, 누군가가 그의 뺨을 세게 때렸다.

그제야 그는 눈을 떴다. 희미한 불빛을 배경으로 우체부의 얼굴이 보였다.

"소장님, 정신이 좀 들어요? 미안해요. 따귀는 내가 때렸어요. 웬만큼 이상해야 말이죠. 헛소리는 또 얼마나 하는지."

박 경위는 자신이 물 위에 떠 있지 않다는 사실에 놀랐다.

방금 전까지 그는 잔잔히 일렁이는 바다에서 배 위에 가만히 누워 푸른 하늘을 올려다보고 있었다. 곧 물속으로 뛰어들어 그 안으로 녹아들 계획까지 세웠었는데, 어찌 된 일이지? 어리둥절해하는 박 경위에게 우체부가 기가 막힌다는 듯 중얼거렸다.

"지금 소장님 자세를 보세요. 어떻게 하고 있는
지."

문득 박 경위는 무척 갑갑하다는 기분이 들었
다. 아래를 내려다보니 마치 태아처럼 동그랗게
몸을 말고 있지 않은가. 머쓱해져서 자세를 바로
잡는데, 우체부가 물었다.

"정말 기억나지 않아요? 소장님이 갑자기 호수
로 들어가겠다며 영원히 쉬고 싶다는 둥, 막 이상
한 말을 했다고요. 그러다가 팔을 휘저으며 갑판
으로 나가려는 걸, 겨우 붙든 거예요."

박 경위는 고개를 저었다. 머리가 깨질 듯이 아
팠다.

선실은 조용했고 영상도 끝났는지 텔레비전은
꺼져 있었다. 배가 물을 헤치고 앞으로 나아가는
소리만 들려올 뿐이었다.

우체부도 다리에 힘이 풀렸는지 선실 바닥에
털썩 주저앉았다. 뭔가를 찾는 듯 주머니 여기저
기 더듬더니 낮게 욕을 했다.

"제길, 담배를 안 가져왔네요. 지금 꼭 한 대 피

웠으면 좋겠는데."

박 경위는 주머니에서 담배를 꺼내 우체부에게
건네며 말했다.

"그쪽도 얼굴빛이 별로 안 좋아 보이는군."

우체부가 담배를 한 모금 쭉 빨더니 연기를 허
공으로 후 불었다.

"사실대로 말하자면, 나도 이상한 걸 겪었거
든요. 방금 그 영상을 보다가 말이에요. 어딘가
에 둥실둥실 떠 있는 것 같았고 동굴이나 물속 같
은 장소로 영원히 숨어 들어가 아무 걱정 없이 지
내고 싶다는 생각이 간절해졌어요. 매일 아침 산
처럼 쌓이는 우편물과 택배 상자들. 조금만 늦어
도 득달같이 전화를 해서 날뛰는 꼴 보기 싫은 고
객들. 그런 것들이 없는 절대적 장소로 가고 싶다
는…… 그런 열망이 점점 커져서 나도 모르게 선
실 밖으로 나가려는 순간, 영상이 끝나버린 거죠.
그제야 정신이 번쩍 들더라고요. 그러다 옆을 보
니, 소장님은 막 헛소리를 하며 난리를 치고 있었
고 말이에요."

우체부는 어느새 다 타버린 담배를 선실 바닥

에 아무렇게나 던지고는 발로 비벼 껐다.

"……그나저나 대체 저 비디오는 뭘까요? 이상하지 않아요? 저나 소장님이나, 뭔가 비정상적인 걸 느꼈잖아요. 게다가 웰다잉이라니. 실은 아까 팔곡으로 온 우편물에서도 그런 이름이 있었거든요. 웰다잉협회라나 뭐라나."

그때 문이 끼익 열리더니 선장이 얼굴을 내밀었다. 그는 문틈으로 선실 여기저길 살피더니 박경위와 눈이 마주치자 씩 웃었다.

"……어떻게, 뱃길은 편하셨습니까? 이제 내릴 준비들 하십시오. 곧 팔곡입니다."

열린 문 너머로 검은 섬 같은 게 보였다.

어느새 바람은 가라앉아 있었고 하늘엔 별이 간간이 비쳤다.

내릴 준비를 하다 말고, 박 경위는 멈칫했다. 어떤 생각 같은 것이 머릿속을 스쳤기 때문이다. 뭐지? 뭐였지? 하지만 그건 연기처럼 빠르게 사라져버렸고, 실마리조차 잡을 수 없었다. 박 경위는 머리를 흔들었다. 그래, 이런 게 어디 하루 이틀 일인가. 혼자 중얼거리며 구명조끼를 벗어 벽에 걸었다. 갑판에서 우체부가 우두커니 선 채 그를 기다리고 있었다.

*

배에서 뛰어내리자, 선착장은 벌써 어둠에 잠겨 있었다.

몇 발 걷다 말고 주머니를 뒤져 손전등을 꺼내려는데, 누군가 어깨를 잡았다.

"뭐야!"

소리를 지르며 뒤를 돌아보다가 박 경위는 입을 다물었다. 우체부가 어색한 표정으로 머리를 긁으며 서 있었다.

"뭘 그렇게 놀라세요? 같이 가자고 암만 불러도 대답을 안 하시니, 어쩔 수 없이 잡은 거라고요."

떨고 있다는 걸 들킨 것 같아 못내 찜찜한 마음으로 박 경위는 말없이 앞장을 섰다. 그래도 명색이 파출소장인데 그렇게 방정맞게 소릴 지르다니. 그는 왠지 화가 나서 손전등으로 비춰보던 길

바닥에 굴러다니는 자갈 하나를 발로 찼다.

뒤에선 우체부가 말없이 따라왔다. 슬쩍 돌아보니 그 역시 연신 사방을 두리번거리고 있었다.

어두워진 옥수수밭은 스산했다.

시든 옥수숫대들이 서로 부딪치며 스슥대는 소리를 냈다. 그 가운데 서 있는 허수아비의 모습은 기분 나쁘리만치 기괴했다.

박 경위는 자기가 멍청한 판단을 했음을 깨달았다. 굳이 오늘 이 외딴 섬마을—아까도 말했지만, 섬은 아니다. 하지만 도대체 이곳이 섬과 다른 점이 무엇이란 말인가—에 와볼 필요까지는 없었다. 노인들의 행방 따윈 내일 아침 천천히 알아봐도 아무 문제 없는 거였다. 그런데 결국 성질 급하고 오지랖 넓은 우체부 덕분에 이 시간에 이런 말도 안 되는 장소까지 오고 만 거다.

제길, 차라리 처음부터 이 순경을 보내면 좋았을 것을. 그는 속으로 후회했다. 그랬다면 따뜻하고 아늑한 파출소 안에서 주전자에 물을 끓이며 등산 스틱 쇼핑에 열중할 수 있었겠지. 하지만 이게 뭐람. 지금 그는 음산한 옥수수밭 사이를 가쁜

숨을 몰아쉬며 걸어가고 있다.

그때 우체부가 멈춰 서더니 앞쪽 어딘가를 가리켰다.

"소장님, 저기예요. 저기."

그가 가리키는 방향엔 아무것도 보이지 않았다. 그저 어둠뿐.

뭐가 거기 있다는 건지 물으려는 찰나, 우체부가 재빨리 덧붙였다.

"저쪽으로 손전등을 비춰보세요. 피 노인의 집이 있는 곳이거든요. 그런데 제 생각엔 여전히 아무도 없는 거 같아요. 이렇게 어두운데 불빛 하나 안 보이는 걸 보면 말이에요."

박 경위는 손전등으로 우체부가 가리키는 쪽을 비췄다. 슬레이트 지붕의 나지막한 집이 한 채 서 있었다. 대문은 열려 있는 것 같았다. 정말 아무도 없는지 불빛은 보이지 않았다. 하지만 노인들은 원래 일찍 잠자리에 드는 법이다. 어린 시절 그의 할아버지는 저녁 해가 떨어짐과 동시에 잠들었고 새벽닭이 울면 자리에서 일어났다. 그러고는 부엌으로 가서 왕소금을 손가락에 묻힌 다

음 이를 닦았다. 그래, 노인이란 그런 거지. 아침
잠이라곤 없는 사람들. 그런데 왜 노인들은 모두
일찍 자고 일찍 일어나는 걸까. 박 경위는 순간적
으로 의문에 사로잡혔다. 나도 곧 저녁잠이 많아
지고 아침엔 일찍 일어나게 되려나?

대문 앞에 다다르자, 우체부가 갑자기 문 옆 기
둥에 딱 붙어 섰다.

"전 여기서 기다릴 테니 다녀오세요."

"아니, 같이 안 들어갈 건가요?"

박 경위가 묻자, 우체부는 사시나무처럼 떨며
말했다.

"소장님만 들어가세요. 난 도저히 못 들어가겠
어요. 아까 본 그 옥수숫대 허깨비가 자꾸 생각나
서 오싹하거든요. 만약 피 노인 할아버지가 집에
있다면, 그러면 우체부가 오늘 무척 걱정하더라
고만 전해주세요."

결국 박 경위는 대문을 열고 혼자 안으로 들어
갔다. 마당 구석구석에 전등을 비춰봤지만 특별한
건 없었다. 누가 다녀간 흔적도 보이지 않았다.

그는 미닫이 현관문 앞에 서서 먼저 헛기침을

한번 했다. 아무 기척도 없었다. 5센티미터쯤 열려 있는 문을 주먹으로 두드려봤다. 그래도 안에선 아무도 나오지 않았다.

"이장님, 경찰입니다. 실례 좀 하겠습니다!"

이렇게 외치며 그는 신발을 벗고 마루로 올라섰다. 손전등으로 벽 여기저길 더듬어 스위치를 찾은 박 경위는 반가워서 얼른 불을 켰다. 이제 뭐가 좀 보이겠군.

하지만 불은 켜지지 않았다. 스위치를 위아래로 여러 번 올렸다 내렸다 했지만, 실내는 여전히 어둠뿐이었다. 이런 제길. 뭣 하나 제대로 돌아가는 게 없잖아.

속으로 낮게 욕을 하며 조심스럽게 안방 문을 밀었다. 이불이 흐트러져 있는 걸 보니 아까 우체부가 그렇게 해놓은 것 같았다. 정말로 요 위에 옥수숫대로 묶어 만든 등신대의 뭔가가 고이 눕혀져 있었다. 만약 얘길 미리 듣지 못하고 봤다면, 그 역시 혼비백산하여 달아났을지도 모른다. 머리끝이 쭈뼛 서는 걸 느끼며 박 경위는 다른 방을 둘러봤다. 옷장도 열어봤고 손으로 안을 훑기까지 했지만 별다른 건 없었다. 그러니까 확실히 이 집은 텅 비어 있는 거다. 하지만 피 노인의 집이 비어 있다고 해서 마을 노인 모두가 사라졌다고 단정 지을 순 없는 것 아닌가.

박 경위는 다시 마당으로 나왔다. 그러고는 이 마을에 총 몇 가구가 사는지 생각해봤다. 열 집이었나? 아니면 아홉 집? 아까 파출소에서 듣긴 했지만 정확히 기억나지 않았다. 그래, 우체부는 알고 있겠지. 몇 년 전까지만 해도 마을 구석구석을 누비며 우편물을 배달했을 테니까.

끼이익. 요란한 소릴 내는 대문을 밀고 밖으로 나오자 어둠 속에서 시든 옥수수 잎들이 서걱서걱 흔들리고 있었다.

"이봐요, 어디 있습니까?"

박 경위는 손전등을 여기저기 비추며 우체부를 찾았다. 들어갈 때까지만 해도 대문 옆 기둥에 딱 붙은 채 서 있었는데, 아무리 둘러봐도 인기척조차 없었다.

문득 어린 시절 친구들과 귀신놀이 하던 것이 생각나 박 경위는 멈칫했다. 하나도 무섭지 않은

척 이리 뛰고 저리 뛰며 돌아다녔지만, 사실 그는 그 놀이가 싫었다. 그리고 그건 지금도 마찬가지였다. 강도, 살인범, 깡패, 이런 인간들이 무서운 게 아니라 유령, 귀신, 허깨비 같은 초현실적 존재가 훨씬 두려웠다.

"참 나, 지금 어디 있어요? 장난치지 말고 빨리 나오라니까요!"

박 경위는 왠지 짜증이 나서 큰 소리로 외쳤다. 하지만 어디서도 대답은 들려오지 않았다. 대신 자기 목소리가 밤의 메아리가 되어 마을 구석구석으로 울려 퍼졌다.

빨리 나오라니까요…… 빨리 나오라니까요…… 빨리 나오라니까요…….

그는 파출소로 전화를 걸어 이 마을의 가구 실태를 파악하기로 했다. 우체부는 어딘가로 오줌이라도 누러 간 게 틀림없었다. 그가 돌아오길 기다리는 동안 이 순경에게 지시를 내리면 된다. 여차하면 배를 구해서라도 마을로 들어오라고 해야지. 이런 생각을 하자 조금은 마음이 놓여 박 경위는 씩 웃었다. 그러고 보면 어둠이란 참 이상한

거 아닌가. 아무런 이유도 없이 사람을 겁먹게 만
드니 말이다.

그러나 주머니에서 휴대폰을 꺼낸 박 경위의
얼굴에 핏기가 가셨다. 신호가 전혀 잡히지 않고
있었다.

한참 동안 멍하니 서 있다가, 그는 속으로 중
얼거렸다. 뭘 그렇게 놀라. 시내에서도 이럴 때가
있잖아. 그러다가 누군가에게 들으라는 듯, 이번
엔 좀 더 큰 소리로 외쳤다.

"당연하잖아. 시골이니까 안 될 수도 있지. 게
다가 여긴 오지 중의 오지라고. 좋아, 그럼 혼자
가는 거야. 우체부는 나중에 따라오겠지. 어차피
마을회관 쪽으로 갔으리란 건 짐작할 수 있을 테
니까."

*

박 경위는 손전등으로 앞을 비추며 터벅터벅
걸었다.

중간에 집이 나타날 때마다 다가가서 들여다봤

지만, 모두 불이 꺼져 있고 안에 누가 있는 것 같지도 않았다. 여덟 번째 집을 지나자 드디어 마을 회관이 나타났다. 수직으로 깎아지른 듯한 검은 언덕을 배경으로 서 있는 단층 주택이었다.

그 집을 한동안 바라보다가 박 경위는 기묘한 기분에 사로잡혔다.

이 낯익은 느낌이라니.

그러고 보니 이곳은 오래전 언젠가 와본 적 있는 장소 아닌가. 그는 새삼스럽게 사방을 둘러보며 뿌연 머릿속을 더듬었다. 왁자지껄한 소리, 분주히 왔다 갔다 하는 사람들, 고소한 기름 냄새 같은 것들이 서서히 떠올랐다. ……분명 여기서 무슨 잔치 같은 걸 벌였었어. 그래, 맞아. 장수 노인 축하연이었지!

박 경위는 그날을 떠올리며 회관 내부가 어떻게 생겼는지 기억해내려 애썼다. 하지만 이번에도 역시 생각나는 건 거의 없었다. 그저 어떤 분위기, 모습, 광경만이 어렴풋이 느껴질 뿐. 그때만 해도 아직 경사였던 그는, 곧 정년을 앞둔 상관과 함께 마을 잔치에 참석했다. 떡과 과일, 갈비, 온

갖 전 등이 차려진 잔칫상 한 귀퉁이에 앉아 아주
머니들이 가져다주는 음식을 연신 받아먹었고 막
걸리도 몇 그릇 마셨던 것 같다. 그리고 어디선가
들려오는 이장의 축하 인사.

잠깐, 그런데 이장이 누구였더라? 확실히 피
노인은 아니었다. 더 풍채가 좋고 단단한 체구를
가진 사람이었지. 골똘히 생각에 잠겨 있는데, 갑
자기 불쾌한 느낌이 등골을 타고 흘렀다. 이번엔
그 기분 나쁜 느낌의 이유를 알아내려고 한동안
애썼지만, 그러면 그럴수록 장수 노인 축하연의
장면들은 더더욱 흐릿해질 뿐이었다. 흔들흔들
춤을 추는 노인들. 장구 소리, 북소리. 색색의 장
식들. 그 모든 게 가까워지는 듯했다 다시 멀어졌
다.

회관 앞에서 10분도 넘게 서 있던 끝에, 박 경
위는 문득 자신이 장수 노인 축하연에 실제로 갔
던 게 아니라 어떤 텔레비전 화면에서 그런 광경
을 봤던 걸지도 모른다는 의구심에 빠져들었다.
하긴, 그렇다고 해도 하등 이상할 건 없었다. 퇴
근한 뒤 TV를 켜면 언제나 채널은 한곳에 고정

되어 있었고, 거기선 '장수의 비결'이라든가 '한국 기행' 같은 프로그램이 끝도 없이 반복됐으니까. 아마 누군가, 그러니까 어느 이방인이나 어떤 외계인이 그런 TV 프로그램을 본다면, 그들은 이 땅 전체가 노인으로 뒤덮여 있다고 생각할 게 틀림없었다. 시골과 도시, 바닷가와 산속, 저지대나 고지대. 그 어디에나 늙고 머리가 하얀 데다 입가 양옆으로 긴 세로 주름이 깊게 파인 노인이 가득했다. 그들은 굽은 등으로 힘겹게 뭔가를 밀거나 끌었고, 자랑인 듯 두껍고 검어진 손톱을 내보였으며, 전통의 수호자인 양 보기에도 괴상한 음식을 만들어냈다. 그런 다음엔 언제나 똑같은 마무리. 노인들은 모두 각자의 마을회관 마루에 모여 그날 획득한 갖가지 자연의 부산물을 이용해 뭔가를 끓였다. 물론 때론 튀기거나 굽기도 했지만, 어쨌든 거의 대부분은 모든 걸 거대한 솥에 넣고 푹푹 끓여서는 다 같이 둘러앉아 먹는 것이었다. 그러니 전에 여기서 열린 잔치에 진짜 왔던 건지, 아니면 그저 매일 보던 텔레비전 프로그램과 현실을 혼동하는 건지, 도대체 어떻게 구분한단 말

인가. 그러다 퍼뜩 정신을 차린 그가 머리를 흔들
었다.

아니지, 지금 이런 생각을 할 때가 아니잖아.
그는 사라졌을지도 모르는 노인들을 찾아 이곳에
온 거다. 막상 와보니, 이 장소는 낯익은 곳이었
고 언젠가 분명 여기서 음식을 먹었으며, 엄청나
게 많은 노인들에 둘러싸인 채 앉아 있었다. 그건
상상도 아니고 꿈도 아니었으며 텔레비전에서 본
가짜 기억은 더더욱 아니었다. 그건 모두 현실이
고 그가 실제로 겪은 일이었다. 그러다가 박 경위
는 방금 자기 머릿속에서 꼬리를 물고 이어지던
단어들 중 '엄청나게'라는 말에 주목했다. 그렇지.
엄청나게 많은 노인들. 그땐 정말 많았어, 노인들
이 말이야. 그런데 지금은 왜 이리 적지? 모두 어
디로 가버린 거냐고. 듣기론 팔곡만 해도 겨우 열
명의 노인만이 살고 있다고 했다. 월상댐까지 들
어가는 뱃길에 있던 다섯 개의 마을 중 벌써 세
개는 완전히 사라졌고, 남은 두 곳 중 하나가 여
기라고 했던가. 그는 아까부터 말로 표현하기 힘
든 의문 하나가 입안에서 맴도는 것을 느꼈다. 확

실히 뭔가가 너무나 이상한데, 그 실체를 콕 집어 말할 순 없는 기묘한 기분.

박 경위는 앞주머니에 꽂아뒀던 수첩을 꺼내 빠르게 휘갈겨 썼다. 왠지 이렇게라도 기록해두지 않으면 나중에 배를 타고 이 안개 가득한 마을을 나서는 순간 다 잊고 말 것 같았다.

―이상한 의문. 알아볼 것. 그런데 무엇을?

수첩을 접어 주머니에 넣고, 깊이 심호흡을 한 뒤, 박 경위는 마을회관으로 들어섰다. 적막한 어둠 속으로 발소리가 음산하게 퍼져 나갔다.

젠장, 이럴 때 테이저건이라도 하나 있다면.

그는 아무것도 챙겨 오지 않은 자신의 안이함에 화가 났다. 모름지기 경찰이라면 이런 음침하고 어두컴컴한 빈집에 들어갈 땐 만반의 준비를 갖추는 법이다. 손전등과 권총을 나란히 쥔 채 정면을 똑바로 겨냥하며 벽에 몸을 착 붙이고 소리 없이 들어가야 진짜 경찰 아니겠는가 말이다. 그런데 지금 그는 아무것도 가지고 있지 않았다. 하다못해 경찰봉마저 파출소에 두고 오지 않았던

가. 그저 남는 시간에 산을 타보겠다는 망상에 빠져서 팔곡으로 오는 데에만 급급했던 것이다.

어쩔 수 없지.

박 경위는 씁쓸한 한숨을 내쉬고는 조심스럽게 마당으로 발을 디뎠다. 여기까지 오면서 이장인 피 노인의 집을 비롯해 총 여덟 집을 들러본 결과, 모두 비어 있는 것을 확인했다. 따라서 만약 노인들이 여행을 떠났거나 다 함께 산속에서 길을 잃은 게 아니라면—그럴 가능성은 희박해 보였지만. 왜냐하면 여기 살던 노인들이야말로 팔곡에서 뼈가 굵은 사람들이니까. 그들은 아마도 지금처럼 어두운 저녁에도 팔곡의 어느 골짜기든 제집처럼 헤집고 다닐 수 있을 것이다— 바로 이곳, 마을회관에 있어야 하는 거다.

현관문을 열려다 말고 다시 한 번 주머니에서 휴대폰을 꺼냈다. 여전히 신호는 잡히지 않았다. 우체부도 나타나지 않고 있었다. 그는 대체 어디서 뭘 하고 있는 걸까. 혹시 혼자서 배로 돌아간 건가.

그러고 보면 저 깊고 거대한 호수에서 불어오

는 차갑고 습한 안개가 사람의 머리를 혼란하게 만드는 건지도 몰랐다. 그 축축한 공기는 폐부 안쪽을 가득 채운 다음 혈관을 타고 흘러 두뇌로 가는 게 틀림없었다. 그러고는 판단력을 흐리게 하고 기억을 흐트러뜨린 뒤 마치 꿈꾸는 것 같은 몽롱함 속으로 던져넣는 것이다.

마스크라도 있으면 좀 나을 텐데. 박 경위는 생각했다. 호수에서 불어오는 음습한 안개 바람이든 깊고 어두운 골짜기를 타고 흘러 내려오는 차갑고 검푸른 공기든, 마스크가 다 걸러낼 수 있을 것 같았기 때문이다. 그는 한 손으로 입을 가리고 다른 손엔 손전등을 든 채 현관문을 밀었다.

벽을 더듬어 스위치를 올려봤지만 역시나 불은 들어오지 않았다. 손전등의 불빛은 점점 흐려지고 있었다.

제기랄. 이럴 줄 알았으면 건전지를 갈아서 오는 건데.

그는 속으로 중얼거리며 신발을 벗었다. 여기 아무도 없다는 건, 굳이 둘러보지 않아도 알 수 있었다. 누군가가 잠깐 비웠을 때와는 완연히 다른,

오래도록 텅 비어 있던 집 특유의 냄새가 가득했던 탓이다. 일종의 무생물적 냄새라고나 할까.

들어가 볼 필요조차 없다는 걸 알면서도, 박 경위는 안방 문을 열었다. 손전등을 비춰봤지만, 사람이 있던 흔적은 없었다. 주방, 작은방, 욕실까지 다 돌아본 다음 그는 거실 한가운데 멈춰 섰다. 아주 오래전 언젠가 이 집에 사람들이 살았던 때를 상상하면서. 그땐 이 마을에도 젊은이들이 있었고 물론 아이들도 있었으리라. 그리고 그들은 저녁마다 둥근 상에 둘러앉아 밥을 먹었겠지.

손전등으로 벽을 비추니 멈춰버린 괘종시계가 보였다. '군수 이○○ 기증'이라고 적혀 있었다. 유리 뚜껑을 열고 진자를 들었다가 조심스레 내려놓자, 천천히 흔들리며 똑딱똑딱 시계가 움직였다. 박 경위는 그 앞에서 눈을 감았다. 시계추는 계속해서 좌우로 흔들렸고 어느새 그는 최면에 빠져들듯 장수 노인 축하연의 한복판에 와 있었다.

그래, 맞아. 그때는 이 집이 마을회관이 아니었어. 그냥 평범한 가정집이었다고. 시골 어디서나

볼 수 있는 그런 집. 그는 고랭지 배추 재배로 부를 쌓았다는 집주인도 기억해냈다.

생각해보니 그건 그냥 평범한 마을 잔치가 아니었다. 이 일대, 그러니까 댐 전망대까지 가는 뱃길에 있던 다섯 개의 마을은 전국에서도 장수하는 노인이 많기로 유명한 곳이었다. 그리고 그날은, 어느 텔레비전 방송국에서 '장수의 비결' 비슷한 프로그램을 제작하러 마을에 왔었지. 잔치 비용은 모두 방송국에서 부담한다는 말을 얼핏 들었던 기억도 났다. 그나저나 장수 비결이 뭐였더라. 박 경위는 똑딱똑딱 시계 소리를 들으며 계속해서 과거를 더듬었다.

—배추야, 배추. 이 일대가 고랭지 배추 산지로 유명하잖아. 우리가 뭐 따로 챙겨 먹는 게 있나. 삼시 세끼 배추김치, 배추쌈에 배춧국을 끓여 먹지. 그런데 이렇게 건강하잖아.

그는 어떤 노인이 흥에 겨워 이렇게 떠들던 장면을 떠올렸다. 그 말에 다른 노인들, 잔치에 참석한 몇몇 내빈들이 박수를 치던 것도 생각났다. 그때까진 그도 즐거웠다. 사실 파출소 책상에 앉아 지루한 민원인만 상대하는 것보단 그렇게 밖으로 나와 맛있는 것도 먹고 술도 조금 얻어 마시는 게 훨씬 재미있으니까. 그런데 왜? 대체 왜 그날을 생각하면 이렇게 불쾌한 느낌이 등줄기를 타고 흐르는 걸까.

그때 밖에서 불빛이 움직이는 걸 본 것 같아, 박 경위는 재빨리 벽에 몸을 붙였다. 괘종시계 아래로 최대한 몸을 숙이고 바깥을 살폈지만 보이는 건 오직 어둠뿐이었다. 잘못 본 건가. 우체부가 돌아온 건 아닌지 기대했던 그는 실망 섞인 긴 한숨을 내쉬었다.

마을회관 밖으로 나온 박 경위는 둘로 갈라진 길 가운데 서서 양옆을 둘러봤다. 한쪽으론 깎아지른 듯한 수직의 언덕, 그리고 다른 쪽은 완만한 경사가 펼쳐지며 그 길을 따라 쭈욱 가기만 하면 선착장에 도달할 수 있다.

이제 어떻게 하지?

사라진 노인들의 자식에게(물론 각자에게 자식이 있을 거라는 가정하에 말이다) 전화를 걸어

ARTIST
KOO BOHNCHANG

H
현대문학 × 아티스트
구본창

〈현대문학 핀 시리즈〉는 아티스트의 영혼이 깃든 표지 작업과 함께 하나의 특별한 예술작품으로 재구성된 독창적인 소설선, 즉 예술 선집이 되었다. 각 소설이 그 작품마다의 독특한 향기와 그윽한 예술적 매혹을 갖게 된 것은 바로 소설과 예술, 이 두 세계의 만남이 이루어낸 영혼의 조화로움 때문일 것이다.

구본창 연세대 경영학과 졸업. 독일 함부르크 조형미술대 사진 디자인 전공, 디플롬 학위 취득. 국내외 40여 회 개인전. 샌프란시스코 현대미술관, 필라델피아 박물관, 보스톤 미술관, 휴스턴 뮤지엄 오브 파인 아트, 과천 국립현대미술관, 삼성 리움 등 다수의 박물관에 작품 소장. 작품집 한길아트 『숨』『탈』『백자』, 일본 Rutles 『白磁』『공명의 시간을 담다』 등.

IC 01, 2004, Paris, France, Archival pigment print, 50x34

© Koo Bohnchang

부모님과 함께 있는지 물어봐야 한다는 생각이 들었다. 어쩌면 이건 정말로 희대의 노인 단체 실종극일지도 모르니까. 하지만 곧 박 경위는 머리를 흔들었다. 이렇게 많은 노인이 한꺼번에 사라진 적은 지금까지 단 한 번도 없었다. 적어도 그가 알기론 그랬다. 노인들은 대체로 한 명씩 사라졌고 한 명씩 죽어갔다. 그래선지 그들의 죽음은 별로 중요하게 다뤄지지 않았고 아무도 그 행방을 궁금히 여기지 않았다.

이제 남은 건 저 고개, 눈앞에 있는 수직에 가까운 각도로 서 있는 언덕을 넘어 폐가가 되었다는 빈집에 가보는 것이다. 문득 박 경위는 오래전 읽었던 어떤 기사를 떠올렸다. 그에 따르면, 제주도의 도깨비 도로처럼 이 고개 또한 착시를 불러일으키는 장소라고 했다. 그러니까 언제나 수직의 위태로운 성벽처럼 눈앞에 버티고 있지만, 그건 그저 그렇게 보이는 것뿐. 실제로 경사는 그리 가파르지 않고 걸어서도 너끈히 넘을 수 있을 만큼 완만한 언덕에 불과하다는 것이었다. 그런 착시현상을 뭐라고 한다더라? 하지만 과학에 문외

한인 그가 더 이상 기억하는 건 아무것도 없었다.

정말로 고개를 넘는 건 어렵지 않았다. 이젠 긴장도 많이 풀려서인지 언덕 정상을 지날 땐 휘파람을 불기까지 했다.

폐허가 된 집 두 채는, 잡초로 뒤덮인 길을 사이에 두고 마주 보며 서 있었다.

하지만 집은 보이는가 싶더니 금세 사라져버렸다. 아니, 사실은 집이 사라진 게 아니라 손전등의 배터리가 다 닳아버린 것이지만 말이다.

낮게 욕을 하며, 박 경위는 폰을 꺼냈다. 둘 중 어느 집에 먼저 가봐야 할까. 잠시 망설인 끝에 그는 오른편에 있는 집으로 다가갔다. 별다른 이유는 없었다. 단지 입구의 잡초가 좀 덜 무성해 보인다는 것뿐.

녹슬어 테두리만 남은 대문 앞에서 그는 한동안 멈칫댔다. 들어가고 싶지 않다는 느낌이 그 어느 때보다 컸던 탓이다. 마치 누군가가 '들어가지 마'라고 귓가에 속삭이는 기분?

하긴, 굳이 이 다 쓰러져가는 집에 들어가야 할 이유는 없다. 노인들의 행방은 아침에 파출소에서 찾아도 무방하다. 어차피 지금 그들이 사라졌다는 걸 알고 있는 이는 아무도 없으니까. 하지만 결국 호기심이 이겼다. 어쩌면 경찰로서의 의무감이 그를 몰아갔던 걸지도 모르지만. 여하튼 박 경위는 그 집으로 들어섰고 누렇게 시든 풀이 허리까지 자라 있는 마당을 둘러봤다. 휴대폰 불빛에 새처럼 커다란 나방들이 일제히 날아오르더니 퍼덕이며 박 경위 주위를 맴돌았다.

하얀 나방들.

점점이 퍼져 나가는.

언젠가 이런 하얀 점들을 봤는데……

갑자기 머릿속의 어떤 문이 열리며, 오래전 그날 장수 노인 축하연의 나머지 장면들이 한꺼번에 떠올랐다.

그래, 기억나는군. 1부 순서 다음에 2부가 있었지.

온갖 음식으로 배를 채운 노인들은, 이번엔 각자 자리에 앉아 앞에 놓인 다과를 먹으며 얘기를 나눴다. 어디선가 민요 같은 구슬픈 음악이 들려왔고, 그는 까무룩 잠이 들었다. 그러다 퍼뜩 눈을 떴을 땐 어느새 빔프로젝터 한 대가 설치돼 있었는데, 거기서 나오는 빛이 벽면에 묘한 영상을 만들어내는 중이었다. 약간 잠이 덜 깬 채, 그는 멍하니 화면을 응시했다. 여전히 꿈을 꾸는 건지 혼란스러울 만큼 몽환적인 광경들이 연달아 눈앞을 지나갔다.

벽면에선, 아니 정확히는 빔프로젝터가 쏘아내는 영상 속에선, 한 여자가 그윽한 눈초리로 그들을 내려다보며 뭐라고 중얼거리고 있었다. 마치 동굴 속에서 울려 나오듯 깊고 음산한 목소리가 잔칫집 거실을 가득 채웠지. 순간 박 경위는 스크린에 떠 있던 영상의 제목을 기억해냈다. '고령화 사회와 웰다잉'. 그래, 이거였어. 아까 배에서부터 느껴지던 그 이상한 기시감의 정체는. 그는 눈을 감았다.

첫 장면은 벽면 전체를 뒤덮은 하얀 점들이었다.

커졌다 작아지기도 하고, 사라졌다 다시 나타나기도 하는 수많은 하얀 점들.

그런데 점인 줄 알았던 것을 클로즈업하니, 그

건 노인들의 하얗게 세어버린 뒤통수였다. 사실 그건 웃기기도 하고 두렵기도 한 광경이었다. 세상을 가득 채운 것이 노인들의 하얀 머리라니. 일러스트로 표현된 지구에서 흰 점들이 순식간에 증식하여 대륙 전체를 뒤덮었고, 넘쳐나는 노인들은 발 디딜 곳을 찾지 못해 우주 공간 밖으로 튕겨 나가고 있었어. 그때 깔리던 내레이션은 또 얼마나 어두운 목소리였던지. 그걸 보던 사람들은 모두 우울한 기분에 빠져들었다. 이제 세계는 점점 늙어가고 활력을 잃은 끝에 회색의 거대한 무덤으로 변해버릴 테니까.

몽타주 같은 화면 조각들이 빠르게 흘러갔다.

노인을 먹여 살려야 하는 젊은이들의 절망적인 표정.

요양병원 침대에 누워 초점 잃은 눈으로 창밖을 바라보는 노파.

검버섯이 핀 굽고 거친 손.

구더기로 뒤덮인 시체.

방호복을 입은 구급대원들이 혼자 살다 죽은 노인의 시체를 들것에 싣고 있었다.

그리고 바뀐 장면에서 마치 좀비처럼 줄지어 어디론가 걸어가는 노인, 노인들.

그들의 눈엔 빛도 희망도 의식도, 하다못해 기쁨이나 증오, 그 밖의 모든 인간적인 것이라곤 아무것도 남아 있지 않았다.

끝없이 계속될 것 같던 화면이 멈춘 건 그 순간이었다.

누군가가 이렇게 소리쳤을 때.

"지금 뭐 하는 거야? 장수 노인 축하연에서 이 따위 걸 보여주다니!"

박 경위는, 자리에서 일어서서 삿대질을 하며 화를 내던 사람의 얼굴을 기억해냈다. 그는 지금의 마을회관이 아직 가정집이고 거기에 사람이 살던 시절, 고랭지 배추 농사를 짓는다던 주인 남자였다. 그러고 보니 그도 죽었다고 했지. 노환이었을까? 아니면 병? 하긴 요즘엔 그냥 나이 들어서 자연스럽게 죽는 이는 아예 없지 않은가. 세상 거의 대부분의 노인들은 늙어가며 온갖 병을 다 앓았고, 갖가지 치료를 받은 끝에 몸 여기저기에 수십 개의 호스가 연결된 기괴한 형태로 눈을 감왔다. 그날, 잔칫상을 뒤엎을 기세로 얼굴이 시뻘 겋게 되어 항의하던 그 남자도, 그런 식의 죽음을 맞이했을까.

다시 장면은 이어졌고 어느새 벽을 비추던 빔 프로젝터는 꺼져 있었다. 노인들이 웅성댔고 일부는 벌써 자리를 뜬 가운데, 한 남자가 두 손을 앞으로 모으고 공손하게 절을 하고 있었다. 검은 양복을 입고 상당히 체구가 큰 사람이었다. 전체적인 느낌은 상조회사 직원 같은 인상? 그런데 그날, 처음부터 저런 남자가 와 있었던 건가? 아니면 2부 순서를 위해 중간에 합류했던 걸까? 어쨌거나 남자는, 자기가 영상을 맡은 책임자라고 했다. 그래, 기억난다. 그가 사람들 사이를 다니며 명함을 건네던 모습. 무슨 요양원에서 나왔다고 했었지.

"정말 죄송합니다, 어르신들. 저희 사무실에 있는 신입사원이 영상을 잘못 준비했지 뭡니까. 이렇게 경사스러운 날, 이런 우울한 장면을 보게 해드려서 정말이지 입이 열 개라도 할 말이 없습니다. 부디 손주 같은 직원의 철없음을 너그러이 용

서해주십시오."

박 경위는 기억 속에서 그 남자를 자세히 관찰했다. 머리부터 발끝까지. 그렇게 훑어보다 말고 그는 '헉' 하며 숨을 내쉬었다.

결국, 아까부터 느끼던 꺼림칙함의 이유가 여기 있었군.

그는 남자의 두 손을 보았다. 공손히 모아 쥔 두툼한 손. 그 위로 보이는 하얀 셔츠의 끝자락. 그리고 손목에 새겨진 문신. 그 문양이 하도 특이해서 지금도 정확히 기억해낼 수 있었다. 문신은, 나무 의자를 정교하게 새겨 넣은 것이었다. 그 바로 아래엔 뭔가 글자도 있었는데. 그게 뭐였지?

문득 박 경위는 코끝에 비릿함이 스치는 걸 느꼈다. 안개가 가득한 강 자락에서 피어오르는 독특한 물 내음.

눈을 뜨고 폐가의 마당을 둘러보던 박 경위가 천천히 시든 잡초 사이로 걸어 들어갔다. 그러고는 마치 정겨운 친구라도 만난 듯 그 잡초들을 손으로 어루만졌다. 이제 그는, 오래전 어느 강가에 도달해 있었다.

시끄러운 소리. 웅성대는 사람들.

아래로 내려가자, 허리까지 자란 갈대와 잡초 사이에 통통 불어터진 몸이 보였다. 눈은 벌써 물고기들이 다 파먹어서 구멍만 남았고 얼마 안 되는 머리카락엔 다슬기 같은 것들이 덕지덕지 붙어 있었다. 조금만 힘을 주어 눌러도 '퍽' 하는 소릴 내며 터져버릴 듯한 그 시체는, 장수 노인 축하연이 열린 며칠 뒤 자살한 노파의 것이었다.

"도무지 이유를 모르겠어요, 절대 그럴 분이 아닌데. 평소에 얼마나 활기차고 상냥했다고요."

멀리 사는 아들 내외 대신 먼저 시체의 신원을 확인한 여자가 울먹이며 말했다. 그 여자는 댐 전망대로 가는 선착장 입구에서 조그만 슈퍼마켓을 운영한다고 했다. 그래서 적어도 일주일에 한 번 정도는 죽은 노파를 만났다는 것이다. 노파는 댐으로 가는 뱃길에 있던 다섯 개 마을 중 세 번째 마을에 살았다. 남편은 오래전에 죽었고 딸과 아들이 각각 남쪽의 먼 도시에서 가정을 이루어 살고 있다고 했다. 집 앞 텃밭을 가꾸던 노파는 푸성귀나 호박, 가지 같은 것들을 직접 농사지었고

간혹 읍내에서 열리는 오일장에 그걸 내다 팔았
다.

"……하지만 대부분은 할머니가 직접 드셨어
요. 쌀농사는 안 지었으니, 그래요. 제가 알기론
아들이 정기적으로 택배로 쌀을 보내준다고 했던
것 같아요. 그런데 정말 왜 이런 선택을 했을까.
엊그제 잔치에서도 얼마나 신나게 노셨는데."

슈퍼 주인 여자는 마치 노파가 자기 엄마이기
라도 한 양 또다시 섧게 울었다.

익사한 시체를 처음 보는 거였기에, 그때 박 경
위는 속이 울렁거리는 걸 겨우 참고 있었다. 그는
과학수사팀이 도착할 거라고 생각하며 사방을 두
리번거렸다. 하지만 암만 기다려도 그런 팀은 오
지 않았고, 얼마 뒤 거의 백 살은 됐을 법한 늙은
의사가 검은색 왕진 가방을 든 채 나타났다.

"비켜요, 저리 비켜. 길이 너무 안 좋네, 이거."

의사는 투덜대며 비탈길을 걸어 내려와 물풀과
자갈 위에 아무렇게나 놓여 있는 노파의 불어터
진 시체 앞으로 다가왔다.

늙은 의사가 늙은 여자의 시체를 바라보는 장

면은 어딘지 모르게 기괴했다.

그는 가방에서 돋보기같이 생긴 걸 꺼내더니 노파의 눈구멍을 들여다봤다. 그러고는 목에 걸고 있던 청진기를 팅팅 불은 노파의 가슴팍에 대충 갖다 댔다.

"죽었군, 죽었어요. 그래요, 사망. 확실합니다."

그러더니 늙은 의사가 손에 끼고 있던 일회용 장갑을 벗어서 둘둘 말더니 주머니에 넣었다. 왕진 가방에서 파일을 꺼낸 의사는 맨 앞장 종이에 뭔가를 대충 휘갈겨 박 경위의 상관이었던 당시 파출소장에게 내밀었다.

"여깄어요, 사망진단서. 어디, 장례식장은 정했나?"

그러자 파출소장이 고개를 저었다.

"아니요. 일단 이분 아들이 와야 뭔가 일이 진행될 것 같습니다. 하여간 수고하셨어요. 우리 박 경사가 댁까지 모셔다드릴 겁니다."

그렇게 말하며 소장이 눈짓을 하는 바람에 그는 당황했다. 속이 너무 안 좋아서 운전을 할 수 있을지 알 수 없었다. 게다가, 그냥 이렇게 끝내는 것인가? 왜 과학수사팀이 오지 않는 거지? 아흔 살 노파가 물에 빠져 죽은 채 발견됐다고 해서 100퍼센트 자살이라고 단정 짓는다는 건 좀 이상하지 않은가. 그는 소장에게 다가가 낮은 목소리로 속삭였다.

"소장님, 부검이나 뭐 이런 건 없습니까? 그래도 정말 자살인지 아니면 뭔가 다른 이유라도 있는지 알아봐야 하지 않겠습니까?"

그러자 파출소장이 남들이 눈치채지 못하도록 천천히 고개를 저으며 그를 쳐다봤다. 마치 한심하고 철없는 인간을 대하는 듯한 눈초리였다.

"뭣 때문에? 부검을 왜 해야 하는데? 딱 보면 모르겠나? 그냥 자살이잖아. 왜 죽었냐고? 그거야 나도 모르지. 아마 죽은 노파도 모를 거야. 자기가 왜 죽으려고 했는지. 그런데 말이야, 사실 저렇게 푹석 늙어버리면 오히려 살아 있는 거 자체가 이상하지 않나? 대체 무슨 재미로 살겠냐고. 난 하나도 의심 가는 점이 없는데. 그리고 노인들이 왜 자살하는지 궁금해하는 사람 봤어? 봤냐고. 노인이 자살하는 건 그저 당연한 수순일 뿐이야.

모든 노인들이 스스로 목숨을 버리는 건 아니지만, 목숨을 버리는 노인은 모두 같은 이유로 생을 마감한다고. 하긴, 자넨 아직 모르겠지만 원래 늙는다는 게 그런 거라네. 희망을 버리는 길고도 지루한 과정. 하여간 마음의 준비는 단단히 해두는 게 좋을 거야. 앞으로 이런 시골에서 경찰 노릇을 하다 보면, 저런 걸 수시로 보게 될 테니까. 그래도 저 정도면 상당히 양호한 거야. 농약을 병째 들이마시는 사람도 부지기수니까. 어휴, 그건 정말 상상하기도 싫은 끔찍한 장면이거든."

그날, 겨우 정신을 추스른 박 경위는 늙은 의사를 경찰차에 태워 집까지 데려다줬다. 가는 내내 의사는 아무 말도 하지 않았고 시골에선 보기 힘든 대저택 앞에 내리더니 잘 가란 말도 없이 곧바로 대문 안으로 사라져버렸다.

눈을 뜨니, 나방들은 어디로 다 날아가고 보이지 않았다.

그리고 이제 그는 모든 걸 기억해냈다. 좀 전에 어두운 마을회관에서 왜 그리도 불쾌한 느낌이 등줄기를 타고 흘렀던 건지.

그래, 빔프로젝터를 만지던 남자. 노인들에게 기분 나쁜 영상을 보여준 다음 두툼한 두 손을 모아 쥐던 그 인간, 그는 바로 가까이에 있었던 거다. 바로 오늘 저녁에도 그를 만나지 않았던가. 그런데 왜지? 그 남자와 퉁퉁 불어터진 노파의 시체 사이에 무슨 관계라도 있다는 건가? 박 경위의 머릿속 신경망이 여기저기서 점화하며 무의식에 어떤 신호를 보내고 있었다. 만약 명탐정 에르퀼 푸아로라면 이렇게 말할 것이다. "나의 회색 뇌세포가 지금 활발히 움직이고 있다네"라고. 그러나 박 경위는 에르퀼 푸아로가 아니었고 따라서 자기 머릿속 뉴런이 보내는 신호의 의미를 읽어낼 수 없었다. 분명 뭔가가, 그러니까 어떤 사건과 사건 사이의 인과관계 같은 게 떠오를 법도 한데, 그건 잡으려 할 때마다 구름처럼 스르륵 사라져버리는 것이었다.

그때 폐가 안쪽에서 소리가 들려왔다. 박 경위는 얼른 휴대폰을 끈 뒤 문 뒤에 몸을 숨겼다. 그러고는 숨을 죽인 채 귀를 기울였다. 그것은 쥐가

우는 소리 같기도 했고 새나 어떤 짐승이 고통에 겨워 몸부림치는 소리 같기도 했다. 하지만 그게 사람의 목소리라는 걸 알아채기까지 그리 오랜 시간이 걸리지 않았다.

그는 뭔가 무기가 될 만한 게 없나 주위를 살폈다. 시커먼 어둠뿐이라 아무것도 보이지 않았지만 잠시 후 서서히 눈이 빛을 모아들이면서 여기저기 널려 있는 것들이 보이기 시작했다. 박 경위는 벽에 기대 세워져 있는 플라스틱 빗자루를 조심스럽게 움켜쥐고 소리가 나는 쪽으로 한 발씩 옮겨 갔다. 중간에 소리는 사라지는 듯도 했으나 곧 다시 커졌다. 분명 그것은, 다 쓰러져가는 이 폐가 안쪽에서 들려오고 있었다. 낡아서 곧 부서질 듯한 툇마루에 올라서서 문 뒤에 가만히 서 있던 박 경위가 발로 문을 차며 안으로 뛰어들었다.

"경찰이다!"

바로 앞 정면 흙벽에 몸을 웅크린 채 쓰러져 있는 남자가 보였다.

"소장님, 여기예요, 여기. 살려주세요. 그놈이, 그놈이 그런 놈일 줄 누가 알았겠어요. 누가 알았겠느냐고요."

목소리의 주인공은 우체부였다. 아까 피 노인의 집 앞에서 사라진 우체부 김 씨가 이 집에 있었던 거다. 그는 휴대폰 불빛을 비춰가며 우체부를 살폈다. 이마엔 피가 말라붙어 있고 두 손이 뒤로 묶인 김 씨는, 울부짖으며 마구 몸을 뒤틀었다.

"아니, 어떻게 된 겁니까? 대체 누가 이런 짓을 한 거요? 혹시 내 예상대로라면⋯⋯."

이렇게 말하며 결박을 풀기 위해 주저앉던 박 경위에게, 공포에 질린 우체부의 눈동자가 보였다. 그 눈은, 박 경위의 어깨 너머를 바라보고 있었다. 누가 있는지 확인하려 뒤를 돌아보는 순간, 뭔가 묵직한 것이 그의 머리를 때렸다.

*

눈을 뜨니 온통 어둠이었다.

몸을 움직이려는 순간, 박 경위는 두 손이 뒤로 묶여 있다는 걸 알았다. 좀 전에 가격당한 이마가

욱신대며 아파왔다. 손을 비틀어봤지만 생각보다 단단히 묶여 있어서 꼼짝도 할 수 없었다.

그가 있는 장소는 분명 아까 들어온 폐가의 어느 빈방인 것 같았다. 오랫동안 아무도 살지 않은 집에서 나는 쾨쾨한 냄새가 코를 찔렀다. 귀를 기울여보면 방바닥을 빠르게 기어가는 쥐며느리의 기척도 느낄 수 있을 정도였다.

이제 어떻게 하지? 박 경위는 잠시 생각에 잠겼다.

어쨌든 한 가지는 확인한 셈이군. 노인네들이 사라진 건 귀신의 소행도 아니고 자기들이 제 발로 걸어서 어디로 가버린 것도 아니었어. 그래, 이유는 모르겠지만 어느 미친놈의 소행인 거야. 그런데 대체 이유가 뭐지? 대체 시골 노인 여남은 명을 데려가서 뭘 하겠다는 거냐고. 그들은 완전히 늙어서 허리는 굽었고 관절은 퉁퉁 부어 있어. 피부는 검버섯으로 덮여 있고 근력이라곤 남아 있지 않아. 그저 할 수 있는 일이라곤 쪽배를 타고 나가 그날 먹을 민물고기 몇 마릴 잡아 오거나 아니면 집 앞 텃밭에서 푸성귀 몇 가닥을 재배하는 게 다란 말이야. 게다가 그들에겐 돈도 없어. 부유한 자식이 있어서 몸값을 턱턱 내줄 수 있는, 그런 형편과는 거리가 멀지. 그런데 놈은 도대체 무슨 이유로 노인네들을 데려간 거지?

그때였다. 반쯤 부서진 방문을 열고 누군가가 안으로 들어왔다. 밖에서 비쳐드는 어스름한 달빛에 남자의 실루엣이 보였다. 체구가 크고 통통한 몸집이다.

달빛을 역광으로 받아서인지 얼굴은 보이지 않았고, 오직 검은색의 커다란 형체만이 코앞으로 바짝 다가왔다.

"어때? 이제 좀 정신이 드나?"

남자가 중얼거리더니 좀 더 가까이 얼굴을 들이밀었다.

박 경위는 눈을 감았다. 어두워서 알아볼 순 없지만, 목소린 낯익었다. 그래. 역시, 그놈이었어. 그 문신. 처음에 배에 탈 땐 왜 기억해내지 못했지? 하긴, 문신이 같다는 이유만으로 어떤 두 사람을 동일인으로 취급할 순 없다. 게다가 그때로부터 시간은 또 얼마나 많이 흘렀는가 말이다.

그러다가 퍼뜩 뭔가가 떠올라 눈을 떴다. 설마 그럴 리가. 자신의 머리에 떠오른 생각이 하도 이상해서 박 경위는 고개를 저었다. 하지만. 하지만 만약 그의 가설이 옳다면 왠지 모든 게 맞아떨어진다. 적어도 겉으로 보기엔 그렇다. 호수로 뛰어내리는 노인들. 영상. 하강의 기운. 물의 편안함.

그 순간 구름에 반쯤 가려져 있던 달이 갑자기 환히 모습을 드러냈다. 그 빛에 남자의 손목이 선명하게 보였다. 거기엔 바로 그 문신이 새겨져 있었다. 정교하게 그려진 나무 의자, 그 밑에 영문으로 쓰인 *New Generation*.

"역시 당신이었군. 배에 탈 때부터 느끼던 꺼림칙함은 그것 때문이었어. 그런데 대체 왜?"

박 경위가 외치자, 선장이 킬킬 웃었다.

"생각보다 영리한 것 같군. 그런데 꼭 이래야만 했나? 왜 굳이 이 일에 끼어들었냐, 이 말이야. 난 그냥 모든 걸 조용히 처리한 뒤 사라질 계획이었다고. 벌써 다섯 개 마을 중 세 개는 임무를 완수한 거나 마찬가지고. 이번엔 팔곡 차례였지. 그런데 저 오지랖 넓은 우체부 놈 때문에 일이 꼬이게 된 거야."

박 경위는 선장의 표정을 알아보기 위해 애썼
다. 하지만 어느새 달은 구름에 가려졌고 그는 다
시 검은 덩어리로 변해 있었다.

"대체 이유가 뭐야? 노인들을 데려간 건 당신
이지? 하, 처음엔 짐작도 못 했는데. 아니 그런데
도무지 이해가 가질 않아. 난 그저 노인네들이 마
을 뒷산에라도 갔다가 길을 잃었을 뿐이라고 생
각했거든. 잠깐, 그러지 말고 일단 이거나 풀어주
면 어떻겠어? 우리 평화적으로 얘기해보자고."

그러면서 박 경위는 또 한 번 손을 비틀어봤다.
나일론 끈의 매듭이 지어진 부분에 겨우 오른손
손가락이 닿았다. 잘만 하면 풀 수도 있을 듯싶었
다.

"처음엔 짐작을 못 했다고? 그런데 왜 배에 탈
때부터 끝까지 날 의심스러운 눈으로 노려봤지?"

선장은 의외라는 듯 물었다.

"……노려봤다고, 내가? 말도 안 돼. 난 당신
이 그런 짓을 했을 거라곤 생각도 못 했어. 다만
왠지 낯익은 느낌이 들어서 그 이유를 알아내려

고 했을 뿐이야. 그러다가 예전에 이 마을에서 장수 노인 축하연이 있던 날, 그때 거기서 당신을 봤다는 걸 나중에서야 기억해낸 것뿐이고. 그래, 그 문신. 배에 타면서 난 그걸 흘낏 봤어. 그러면서 언젠가 그와 똑같은 걸 본 적 있단 생각을 했고…… 이상하게 껄끄러운 기분에 사로잡혔던 거지. 하지만 난 끝까지 문신과 호수, 당신을 연결 짓진 못했어. 그런데 이 꼴을 당하고 나서야, 나머지 퍼즐들이 저절로 맞춰졌다고나 할까."

선장이 깊은 한숨을 내쉬며 바닥에 주저앉았다.

"그런 거였나. 그럼 굳이 이렇게까지 할 필요는 없었는지도 모르겠군. 하지만 어쩌겠어. 기왕 여기까지 일을 벌인 거, 마무리 해야지. 그렇잖아? 그나저나 소장님, 의외로 눈썰미가 좋은데. 그 옛날에 봤던 문신을 아직도 기억하고 있다니. 그래, 하나만 더 묻지. 아까 선실에서 비디오를 보고 나서 우체부 놈이랑 뭘 그렇게 수군댔지?"

"아, 그건 말이야, 내가 그 비디오를 본 뒤 좀 이상해졌거든. 물론 지금은 왜 그렇게 됐던 건지 대충 짐작이 가지만……. 여하간 그래서 맛이가 있는 나를 우체부가 깨워줬고 무슨 웰다잉협회가 어쩌고 하는 얘길 하더라고. 그 단체가 좀 수상하다나? 좀 더 자세히 들어보려는 순간 팔곡에 도착했고, 그래서 나도 그가 뭘 말하려고 했던건지는 몰라. 근데 말이야 이왕 이렇게 된 거, 당신도 솔직히 말해봐. 대체 노인들에게 무슨 짓을한 거야? 그들은 모두 어딨지? 우체부를 저렇게해놓은 것도 당연히 네놈 짓일 테고?"

선장은 주머니를 뒤지더니 담배를 꺼내 물었다. 그러고는 라이터로 불을 붙여 한 모금 길게빨았다. 박 경위가 애절한 눈초리로 쳐다보자 담배 한 대를 더 꺼내더니 불을 붙여 그의 입에 물려줬다.

"미안하지만, 그냥 이렇게 물고 알아서 피우쇼. 손을 풀어줄 순 없으니까."

그렇게 한동안 담배만 피우던 선장이, 툭 던지듯 물었다.

"소장님이 보기에, 지금 이 세상이 정상 같소?"

박 경위는 담배를 입에 문 채여서 뭐라 대답을

하지 못했다. 그러나 선장은 그의 말을 기다리지도 않고 계속해서 떠들었다.

"내 말은, 이 세계가 공정하고 온전하게 돌아가고 있는 것같이 보이느냐, 이거야. 하긴, 지금 이런 얘길 한들 누가 이해하기나 할까. 여하간 아까 내 손목을 보고 당신이 우리 조직의 정체를 어느 정도 눈치챘다는 건 알았어. 그래 맞아. 우린 '뉴 제너레이션'의 일원이야. 뉴 제너레이션. 세계를 구할 사람들. 새로운 세대, 미래를 위해 일하는 사람들. 우린 세상 곳곳에 숨어 그림자처럼 자신의 임무를 완수해 나가고 있다고. 그리고 그건 보통의 희생정신으론 하기 힘든 일이지. 암, 그렇고말고."

박 경위는 더 참지 못하고 입에 물었던 담배를 휙 뱉었다.

"도대체 무슨 말을 하는 거야? 임무라니? 뉴 제너레이션은 또 뭐고?"

"비밀을 알고 싶으면 입 닥치고 조용히 듣는 게 좋을 거야. 사실 지구에 엄청나게 큰 일이 발생했다는 걸 알게 된 건 그리 오래전은 아니지. 한 20

여 년 정도 됐을까. 물론 그때까지만 해도 우리나라엔 아직 그 끔찍한 문제가 널리 알려지지 않았지만, 세계 각지에서 그건 이미 골칫거리였지. 그래, 세상이 점점 늙어가고 있다는 것. 노인들이 지구 전체를 뒤덮어서 결국은 모두를 쇠락과 소멸로 내몰고 말 거라는 것. 늙은 자들은 탐욕스럽고 오만하고 꼰대에다 자기들만 옳다고 믿지. 그것만으로도 심판받아 마땅한데, 거기에 더해서 늙어 죽어가면서까지 오직 살겠다는 욕망으로 발버둥 치며 국가 의료 재정에 구멍을 내고, 그렇게 연명한 목숨 덕분에 연금 시스템까지 갉아먹어. 돈이 있는 노인이라고 더 나은 것도 아니야. 그것들은 끝까지 재산을 틀어쥐고 새로운 세대에겐 한 푼도 내놓지 않아. 살날도 얼마 안 남은 주제에 악착같이 다 늙은 몸을 이끌고 투표장에 가서는, 앞날이 새파란 젊은이들을 골로 보낼 궁리나 하면서 말이야."

박 경위는 나일론 매듭 끝부분에 손가락을 찔러 넣어보려고 몸부림쳤다. 하지만 끈은 풀리지 않았고 도리어 날카로운 통증과 함께 따뜻한 뭔가가 손등을 타고 주르륵 흘러내렸다. 그는 고통을 참으며 말했다.

"……잠깐, 선장. 그런 말은 너무 심하군. 노인은 공경받아 마땅한 사람들이야. 경로사상이라든가 효, 이런 것도 있고…… 그리고 또 뭐더라, 그래, 장유유서란 말도 있잖아. 우리나라는 동방예의지국이기도 하고, 하여간 노인들을 그렇게 폄훼해선 안 되지. 그건 너무 반인륜적이잖아."

그러자 선장이 큭큭 웃었다.

"소장님, 거울을 좀 보고 말하는 게 어떻겠어? 본인의 말에 얼마나 진정성이 있는지. 홋, 아마 지나가던 사람들이 지금 당신을 보면 다 비웃을걸. 거짓과 위선으로 가득한 그 표정을 보면 말이야."

순간 박 경위는 움찔했다. 물론 노인을 증오하진 않는다. 당연히 혐오하지도 않는다고 믿어왔다. 하지만 정말 그럴까? 비척대며 파출소로 끌려들어오는 치매 노인에게 죽어버리라고 욕한 적이 단 한 번도 없을까?

그는 얼마 전 한 노인이 행인의 손에 이끌려 파

출소로 들어오던 광경을 떠올렸다. 초점 없는 눈. 후들거리는 다리. 바지엔 벌써 오줌 자국이 보였다.

"저쪽 길모퉁이에서 돌아다니고 계셨어요. 그냥 두면 사고라도 날 것 같아 일단 모셔왔습니다."

노인을 데려온 행인은 이 말을 남기고는 재빨리 갈 길을 가버렸다.

이 순경이 코를 쥔 채 다가가 물었다.

"어르신, 이름이 뭔지 아세요?"

그러나 노인은 한 마디도 하지 않았다. 어딘가에서 음악이라도 들려오는지 혼자서 이상한 곡조를 흥얼거리며 몸을 앞뒤로 흔들 뿐이었다.

"그럼, 어디 사세요? 자제분 이름은요?"

그 말에 노인이 흔들던 몸을 멈췄다. 그러고는 이 순경을 똑바로 쳐다보는 것이었다.

"기억나셨어요? 말씀해보세요."

하지만 곧 노인의 얼굴은 부드럽게 풀어졌다. 거의 미소 짓는 것 같았다.

"뭐 좋은 기억이라도 떠올랐어요?"라고 말하다

말고, 박 경위와 이 순경은 끔찍한 악취에 동시에 코를 막았다.

"이게 뭐야? 무슨 냄새지?"

잠시 허둥댔지만, 박 경위는 곧 그 냄새의 원인을 알아차렸다. 노인이 바지에 대변을 본 것이다.

그때를 생각하자, 박 경위는 자기도 모르게 속이 울렁거리는 걸 겨우 참았다. 뭘 잔뜩 먹었는지 갖가지 소화되지 않은 풀때기와 콩, 밥알, 고춧가루 같은 게 뒤섞인 거대한 참사의 현장이었다. 이 순경은 고무장갑을 끼고 양동이에 물을 받아 들고 왔다. 그러고는 온갖 욕을 하며 의자와 바닥을 닦는 동안, 박 경위는 노인의 바지를 벗기고 화장실로 데려가 대충 물로 씻겼다. 그때 바깥이 소란스러워졌다.

"아버님, 아버님."

이런 소리와 함께 중년의 남녀가 파출소로 뛰어 들어왔다. 울었는지 눈이 벌겋게 된 그들은, 인사를 여러 번 하고는 자기 아버지를 데려갔다.

"국밥이 하도 드시고 싶다셔서, 요양원에서 잠시 모시고 나왔는데…… 갑자기 사라져버린 거예요. 정말 감사합니다. 소장님 아니었으면 큰일 날 뻔했어요."

부부가 인사를 하는 동안 박 경위의 머릿속은 온통 이따 락스 푼 물에 손을 소독해야 하나, 아니면 아예 집에 가서 목욕을 하고 오는 게 나을까, 등등의 생각뿐이었다.

그는 그날 맛이 간 노인을 데리고 나가던 부부의 뒷모습을 다시 한 번 떠올렸다. 그런데 그들은 정말 기뻐하고 있었던 건가? 자기 아버지를 찾아서 감사하다고 말할 때 부부의 얼굴은 왜 그리도 어둡고 우울해 보였지?

그때 선장의 목소리가 들려왔다.

"소장님이 무슨 생각을 하는지 알고 있어. 그래, 그런 경험 한두 번이 아닐 테니까. 그러고 보면 이 세계는 구역질 나는 위선 덩어리야, 그렇지 않은가? 사실 모두 노인을 싫어해. 밥만 축내는 늙은이들이 사라져주길 바라고 있다고. 근데 그게 잘못은 아니거든. 아니, 오히려 그건 생명의 원리이자 순환의 이치지. 동물의 세계를 봐. 늙고 병든 짐승은 무리에서 무자비하게 쫓겨나잖아.

그렇다고 누가 그 동물들을 욕하나? 천하에 패륜아 같은 놈들이라고? 아니지. 그들이 그러는 데엔 다 이유가 있어. 그래야만, 그러니까 늙고 병들고 아무 쓸모없는 구성원을 내쫓아야만, 건강하고 밝고 싱싱한 젊은 구성원들이 살아갈 수 있거든. 그래서 하는 말인데, 우린 사실 당신 같은 위선자들이 하고 싶지만 차마 못 하는 일을 해치워주고 있는 거야. 대신 손에 피를 묻힌다고나 할까."

박 경위는 몸을 부르르 떨었다. 그날 파출소 안에서 사고를 친 노인에게 느꼈던 극한의 감정이 떠올랐기 때문이다.

만약 법이 없다면.

만약 노인을 공경하지 않아도 된다면.

그렇다면 그는 의자에 똥을 발라놓고 만족스럽게 웃던 그 늙은이의 얼굴에 주먹이라도 날렸을까?

"……아니야, 그럴 리 없어. 적어도 난 그런 인간은 아니라고."

박 경위의 중얼거림을 들었는지 선장이 또 한 번 킬킬 웃었다.

"그런 인간? 그런 인간은 어떤 인간인데? 속으론 죽이고 싶지만 겉으론 아닌 척하는, 위선덩어리를 말하는 건가?"

이제 손가락은 매듭 중앙 마디 부분에 거의 들어갔다. 조금만 힘을 주면, 그러면 매듭을 풀 수 있을지도 모른다.

"좋아, 선장. 그렇다고 쳐. 그런데 노인들에겐 도대체 무슨 짓을 한 거야? 팔곡마을 어르신들은 다 어디 있냐고."

그러자 선장이 말했다.

"난들 아나. 이 마을 노인네들이 어디 가서 뭘하고 있는지. 다시 한 번 말하지만, 우린 그런 하수가 아니야. 노인을 정리한다고 해서 직접 손에 피를 묻힌다거나 따위의 짓을 하진 않는다고. 이래 봬도 우린 아주 오래된 조직이고, 경험도 풍부해. 그리고 안 믿을지도 모르지만, 우리 뒤엔 국가가 있거든. 그래, 나라 말이야. 이 나라의 비밀기관이 우릴 밀어주고 있어. 흐흐, 당연히 안 믿겠지. 하지만 생각해봐. 평소 이상하게 여긴 건 없었는지. 뉴스나 인터넷을 보면서 고개를 갸우

뚱한 적은 없었냐고. 노인들이 맛이 가서 일으킨다는 교통사고. 노인들 때문에 젊은이들의 연금 부담이 커진다는 뉴스. 노인들의 만성질환 덕분에 파탄 나게 생긴 의료 재정. 아니, 그 모든 걸 다 떠나서 고령화사회가 되어 큰일이라고 호들갑 떠는 아나운서의 얼굴을 보면서 뭔가 눈치채지 못했냐, 이거야. 자 한번 생각해봐. 대체 그 사회의 구성원이 나이가 많으면 안 될 이유라도 있어? 고령화가 진행되면 무슨 큰일이라도 나나? 고령화가 전염병이야? 그런데도 이 모든 것들이 말도 안 되는 공포감을 조장한다고 생각한 적은 없냐고? 자, 그럼, 그 뒤에서, 그런 혐오를 서서히 조장해가는 뭔가가 있을 거란 예상 정도는 할 수 있어야 하지 않을까? 그리고 그렇게, 미디어와 인간의 의식, 무의식 전체를 쥐고 흔들 수 있는 존재는 국가밖에 없다는 것도 이젠 눈치챘어야 하지 않나, 이거야. 노인을 혐오하고 그들을 증오하게 만들려는 거대한 음모. 그 중심에 우리, 뉴 제너레이션이 있단 말이지. 아니, 아직 이야긴 안 끝났어. 잘 들어봐. 우린 타인이 노인을 미워하게 만들려고 이런 일을 하는 게 아니야. 최종 목표는 다른 데 있지. 그건 바로…… 노인들 스스로가 자신을 혐오하게 만드는 것. 스스로를 무용지물로 여기게끔 몰아가는 것. 그리고 잘 알겠지만, 자기에 대한 혐오의 귀결은……."

"……설마, 자살?"

선장이 담배꽁초를 폐가 바닥에 던지더니 발로 비벼 껐다.

"역시 소장님은 영리하다니까. 그래, 우린 노인들이 스스로 자신의 비루한 생을 마감할 수 있도록 도와줄 뿐이야. 그게 다라고. 그러니 마을 노인들이 어디서 뭘 하고 있는지는 내 알 바가 아니야. 다만 그들이 차차 한 명씩 세상을 등지도록 도와주는 게, 내 임무인 거지. 어때, 놀랍지 않아? 엄청난 아이디어 아니냐고."

박 경위는 피가 흐르는 손끝으로 매듭을 반쯤 풀었다. 찌르는 듯한 통증이 느껴졌지만 이를 악물며 참았다. 그는 선장이 눈치채지 못하도록 계속해서 대화를 이어나갔다.

"그런 짓을 하고도 언제까지나 들키지 않을 거

라고 생각했나? 이 마을만 해도 그래. 만약 노인들이 차례로 목숨을 끊어버린다면…… 정말 아무도 의심을 안 할 것 같아? 뉴스나 신문은 또 가만히 있겠냐고."

그 말에 선장이 피식 웃었다.

"왜 이래, 잘 알면서? 노인의 실종, 노인의 죽음, 노인의 자살. 이런 일이 매년 얼마나 많이 일어나는데…… 대체 누가 관심을 가지지, 응? 일단 소장님부터 아무 관심 없잖아. 안 그래?"

마지막 매듭만 풀면 되는데, 손가락이 껴서 움직이지 않았다. 이대로 있다간 피가 안 통해서 나중에 절단해야 할지도 모른다. 고통으로 얼굴을 찡그리며 박 경위가 말했다.

"좋아. 당신들 조직이 대단하다는 건 알겠어. 그래서 하는 말인데, 나와 우체부는 그냥 좀 보내주면 안 되겠어? 어차피 당신 얘긴 너무 말이 안 돼서 믿을 수도 없으니까……. 그래, 없던 일로 할 수도 있고. 그냥 조용히 우릴 보내주고 노인들이 지금 어디 있는지만 알려줘. 그러면 나도 입 다물게."

그러나 선장은 대답하지 않았다. 대신 뒷주머니를 뒤적이더니 검은 비닐봉지 하나를 꺼내 들었다.

"안됐지만, 그건 들어줄 수가 없어. 우리 조직엔 룰이 있거든. 만약 들키면 쥐도 새도 모르게 처치한다. 이게 뉴 제너레이션의 규칙 1호라고. 미안해. 나도 이렇게까지 하고 싶진 않지만, 어쩌겠어. 그냥 이번 생은 지지리 복도 없다고만 생각해. 하필 오지랖 넓은 우체부 놈을 만나서 팔곡에 오게 됐고 괜히 선실에서 쑥덕대는 바람에 내 의심을 산 거니까 말이야."

박 경위는 몸을 뒤틀며 외쳤다.

"무슨 소리야? 내가 알아챈 게 아니고 선장 당신이 스스로 불었잖아. 세계를 구합네 어쩌네 하면서 말이야! 누가 물어봤어? 물어봤냐고? 묻지도 않는데 혼자 떠들어놓고는 이제 와서 처치하겠다니, 너무 불공평하잖아!"

선장은 못 들은 척했다. 다만 검은 비닐봉지를 두 손에 움켜쥐고 음험하게 웃으며 가까이 다가올 뿐이었다. 담배 냄새와 술 냄새가 코를 찔렀다.

"멈춰! 경고한다! 경찰한테 손을 대고도 무사할 것 같나?"

"참 나, 소장님, 그런 걱정은 접어두라고. 아까도 말했지만, 우리 조직의 뒤를 봐주는 건 국가니까. 국가는 뭐든 가능해. 있던 일을 없던 일로 만드는 것도, 또 없던 일을 있던 일로 뒤바꿔버리는 것까지도. 자, 그러니 이제 눈을 감고 마지막 기도라도 올리라고. 그럴 시간은 줄 테니까."

선장은 비닐봉지 입구를 벌리더니 입으로 후, 바람을 불어 넣었다.

"근데 그거 알아? 이걸 쓰고 죽으면 고통이 없다더군. 막판엔 오히려 기분이 좋아지기까지 한다는데, 이참에 한번 느껴보라고. 후후."

박 경위는 몸을 뒤틀며 발버둥을 쳤다.

"잠깐만, 잠깐 기다리라고! 마지막으로 하나만 더 물을게."

선장은 비닐을 손에 쥔 채 한숨을 쉬더니, 짜증 섞인 목소리로 대답했다.

"하, 정말 이 양반 말이 많네. 좋아, 대신 이게 정말 끝이야, 알겠지?"

"당신들 같은 사람, 그래 아까 뉴 제너레이션이라고 했던가. 그런 이들이 세상엔 아주 많나? 대체 그 수가 얼마나 되지? 그리고 전에 이 마을에서 열렸던 장수 노인 축하연. 거기서 당신이 보여줬던 영상도 그 계획의 일부였던 건가? 며칠 뒤, 마을 노파 하나가 호수에 뛰어들었잖아. 기억하지?"

갑자기 선장이 비닐을 착착 접더니 돌돌 말아 움켜쥐었다. 할 얘기가 아주 많은 듯했다. 달빛에 언뜻 비치는 표정엔 뿌듯함마저 보였다.

"먼저 첫 번째 질문에 대해 답해주지. 우린 점 조직으로 흩어져 있어. 그래서 누가 어디에서 무엇을 하는지는 아무도 몰라. 뭐, 아무래도 일의 성격상 그게 보안을 유지하기 좋으니까. 다만 조직의 일원이라는 표식은 있어. 이게 바로 그거지."

그는 옷을 걷어서 팔목의 문신을 보여줬다.

"왜 하필 의자야? 그게 뭘 의미하지?"

그러자 선장은 손가락으로 자기 손목에 새겨진 나무 의자를 쓰윽 문질렀다.

"솔직히 나도 몰라. 무슨 시에 나오는 한 구절 때문이라는데……, 알고 보면 조직을 처음 만든 우리 보스는 진짜 휴머니스트거든. 그는 인간을 아끼고 인류를 사랑해. 이런 일을 하는 것도 젊은 이들, 어린이들, 세상의 희망이 될 존재들을 위해 어쩔 수 없는 선택을 한 것뿐이니까. 듣기론, 실제로 만나보면 엄청 마음이 따뜻하고 여리고 부드럽다는 거야. 하긴, 나도 직접 본 적은 없지만. 여하튼 보스는 시를 좋아하고 예술을 사랑한다고 해. 이 나무 의자도 그분이 평소 즐겨 읊는 시에 나오는 소재라는데, 그걸 내가 알 리가 없잖아. 이제 됐나? 그러면 두 번째 질문에 대답해주지. 죽은 노파 말이야, 그래, 그 할망구도 당연히 그걸 보고 물에 뛰어든 거야. 잔칫날 빔프로젝터로 상영됐던 그 영상. 좀 자랑 같지만 그게 정말 고도로 특수하게 설계된 최면물이거든. 누구나 그걸 보고 있으면 절로 인생이 허망해지고 결국 물속으로 풍덩 뛰어들고 싶은 충동에 사로잡히니까. 하긴, 그 충동은 소장님이 누구보다도 잘 알겠지? 만약 배에서 우체부가 말리지 않았더라면, 벌써 한참 전에 저 차가운 호수 바닥에 가라앉았을 테고, 지금쯤은 팅팅 붇은 데다 고기들이 여기저기 뜯어먹은 시체로 변해 있을 테니까. 어쨌든, 이거 하나만은 알아줬으면 해. 이래 봬도 난 노파가 죽던 날 멀찍이 서서 명복을 빌어줬다고. 좋은 곳으로 가라고 기도까지 해줬으니, 말 다 했지 뭐. 안 그래?"

그날의 광경이 떠올랐는지, 선장이 얼굴을 찡그렸다.

"휴, 그렇게 보기 좋은 장면은 아니었어. 아니 사실대로 말하자면 기분이 아주 엿같아지는 순간이지. 하지만 어쩔 수 없잖아. 아까도 말했다시피, 이건 숭고한 임무니까. 새로운 세대를 위한 초석 다지기 같은 것."

그러다가 손목에 찬 시계를 보더니 허둥대며 검은 비닐봉지를 다시 펼쳤다.

"이런, 시간이 너무 흘렀어. 자, 이젠 정말로 작별을 고해야 해. 마음의 준비는 됐겠지?"

선장은 검은 비닐봉지를 다짜고짜 머리에 씌웠다. 박 경위는 몸부림치며 소리를 질렀지만, 점점 숨이 가빠왔다. 이렇게 가는 건가. 텅 빈 마을, 쓰러져가는 폐가 한구석에서 봉지를 뒤집어쓴 채

질식사하다니. 이런 제길.

그때 갑자기 비닐봉지를 조이던 손에서 힘이 빠졌다.

잠시 후 쿵, 소리와 함께 선장이 앞으로 쓰러지는 것 같았다. 누군가가 박 경위의 머리에서 비닐봉지를 벗겨냈다. 혼미한 와중에도, 곡괭이 자루를 들고 서 있는 우체부를 어렴풋이 알아볼 수 있었다. 그는 머리를 손으로 감싸 쥔 채 바닥에 뒹굴고 있는 선장을 곡괭이로 힘껏 내리쳤다. 아니 정확히는, 내리치려고 했지만 그 전에 박 경위가 먼저 소리쳤다.

"그만해! 그러다 사람 죽이겠어!"

우체부는 멈칫했지만, 곡괭이를 내려놓으려 하진 않았다. 오히려 어둠 속에서 눈을 번들대며 더더욱 미친 듯이 날뛸 뿐이었다.

"죽여버릴 거야. 죽어, 죽으라고!"

선장은 머리에서 손을 떼지 않은 채 이리저리 구르고만 있었다. 박 경위는 바닥을 엉금엉금 기어갔다. 그러고는 있는 힘을 다해 손을 뻗어서는 우체부의 바짓가랑이를 잡아당겼다. 곡괭이 끝을 선장의 정수리에 겨누고 있던 우체부가 중심을 잃으며 휘청했다. 그 여파로 손에서 놓친 곡괭이가 희뿌연 어둠 속을 포물선을 그리며 날아오르더니, 흙벽에 부딪혀 떨어지며 둔탁한 소릴 냈다.

"소장님, 지금 뭐 하는 거예요? 저리 비키라고요. 저런 놈은 죽어도 싸다니까요!"

그런 외침과 동시에, 박 경위는 다시 한 번 머리에 엄청난 통증을 느꼈다. 이번에 그를 발로 찬건 우체부였다.

자기를 발로 차서 쓰러뜨린 우체부가 곡괭이가 떨어져 있는 구석으로 잽싸게 몸을 날리는 모습을 보며, 박 경위는 속으로 중얼거렸다.

진짜 엿같은 밤이군.

그러면서 그는 또다시 정신을 잃고 말았다.

얼마나 잤을까. 박 경위는 추워서 몸을 움츠렸다. 이 순경은 어디 갔는지 보이지 않고, 자신은 파출소 뒤편 길쭉한 나무 벤치에 누운 채 쪽잠을 자는 중이었다.

뭔가 덮을 게 있으면 좋을 텐데. 그는 잠에서

깨고 싶지 않아 실눈을 뜬 채 두리번대며 담요를 찾았다. 그때 어디선가 따스한 기운이 천천히 몰려왔다. 움츠리고 있던 몸을 쭉 펴며, 박 경위는 빙긋이 미소 지었다. 아, 좋군. 정말 좋아. 이 순경이 전기난로라도 틀어놓은 건가. 하지만 다시 까무룩 잠이 들었던 그는 헉헉대며 눈을 떴다. 너무 더웠기 때문이다. 아까의 그 따뜻함이 이젠 델 듯한 뜨거움으로 변해 있었다. 그리고 타는 냄새. 매캐한 연기.

그는 쿨럭쿨럭 기침을 했다. 숨을 쉴 수가 없었다.

"이 순경, 어딨어? 난로가 쓰러진 거 아니야?"

그는 더듬대며 외쳤고, 어떻게든 벤치에서 일어나 밖으로 나가려 발버둥 쳤다.

그때 누군가가 앞쪽에서 천천히 다가왔다. 화가 난 박 경위가 다시 한 번 말했다.

"어디 갔던 거야, 지금 뭔가 타고 있는 거 모르겠어?"

하지만 이 순경은 아무 대답도 하지 않았다. 그저 씩씩대는 이상한 숨소리를 내며 점점 더 가까이 다가올 뿐이었다.

"왜 그래? 미쳤어?"

박 경위는 외치다 말고, 문득 입을 다물었다.
자기가 누워 있는 곳이 파출소 뒤 나무 벤치가 아
니란 사실을 깨닫기도 전에, 앞에 서 있는 남자의
정체를 알아차린 탓이다.

저 크고 검고 퉁퉁한 실루엣.

방이 연기에 휩싸여 있다는 걸 안 것도 바로 그
순간이었다.

선장은 라이터를 딸깍대며 불을 켰다 껐다 했
다. 그러면서 한 음절씩 또렷하게 내뱉는 것이었
다.

"그러게, 우체부 놈 말을 들었어야지, 안 그래
요, 소장님? 하여간 난 이제 갈 테니 여기서 둘이
잘 지내보쇼. 아침이 되면 누군가가 찾으러 올 테
니까. 하긴, 그때쯤엔 이미 둘 다 숯처럼 시커멓
게 변해 있겠지만 말이야."

겨우 몸을 틀어 돌아보니, 우체부가 곡괭이 옆
에 쓰러진 채 점점 잦아드는 목소리로 울먹이고

있었다.

"내가 뭐라고 했어요, 소장님. 저런 놈은 죽여버리는 게 낫다고 했잖아요. 어떡할 거예요? 우린 어떻게 되는 거냐고요!"

이제 선장은 밖에서 문을 걸어 잠그고 있었다. 연기 때문에 앞이 잘 보이진 않았지만, 자물쇠를 채우는 듯 달그락대는 소리가 들려왔다.

"……미안해. 참으로 면목이 없군."

서서히 숨이 막혀오는 걸 느끼며, 박 경위는 천천히 내뱉었다. 그래, 우체부가 곡괭이로 선장의 정수리를 찍으려 했을 때, 그때 그냥 못 본 척했다면…… 적어도 이런 비참한 꼴은 면했을 텐데. 그런 상상을 하다 그는 쓸쓸히 웃었다. 이젠 다 부질없는 일 아닌가.

그러다가 문득 박 경위가 낮게 소리를 질렀다. 죽은 듯 엎드린 채 흐느끼던 우체부가 꿈틀대며 서서히 몸을 일으켰기 때문이다. 겨우 일어선 그가 흙벽을 짚으며 허리를 펴자 '우드득' 하는 소리가 들렸다. 그렇게 서서 두리번대던 우체부는 바닥에 떨어진 곡괭이를 발견하더니 씩 웃었다.

"……그래, 네놈, 사람을 잘못 봤어. 기다리라고, 소원대로 죽여줄 테니까."

문을 완전히 부순 우체부가 한쪽 어깨에 박 경위를 둘러메고 마당으로 뛰어나온 순간, 우르르 소리와 함께 폐가가 무너져 내렸다.

*

눈을 떠보니, 우체부가 손전등을 입에 문 채 박 경위의 손을 묶은 매듭을 풀고 있었다.

"하, 미친놈. 아주 단단히도 묶어놨네요. 하여간, 다 됐어요."

박 경위는 손을 움직여보았다. 너무 오래 묶여 있어서인지 손가락 끝에 감각이 없었다.

"여긴……?"

그는 방(처럼 보이는 공간)을 둘러봤다. 흙냄새, 곰팡이 냄새, 축축한 습기와 물기 냄새가 코를 찔렀다. 차가운 느낌에 위를 올려다보니, 천장에선 물이 뚝뚝 떨어지고 있었다.

"그 빈집 있잖아요. 두 채가 나란히 마주 보고

있던. 그중 왼쪽 집이에요. 사실 굳이 들어오고 싶진 않았지만, 밖엔 비가 내리고, 아까 있던 곳은 폭싹 무너졌으니까요. 다행히 비가 내려서 불도 더 번지지는 않았어요. 안 그랬더라면 이 마을 전체가 다 타버렸을지도 모르는데 말이에요."

박 경위는 알겠다는 듯 고개를 끄덕였다.

어디선가 동물의 울음소리 같은 게 들려왔다. 그가 두리번거리자, 우체부가 턱짓으로 뒤쪽을 가리켰다. 신문지로 바른 벽지가 다 뜯겨 있고, 그 아래 구석에 크고 퉁퉁한 형상이 쭈그려 앉은 게 보였다. 선장이었다.

"내가 잡았어요. 이걸로 말이에요."

우체부가 의기양양한 목소리로 떠들며 옆에 놓인 곡괭이를 가리켰다.

"소장님을 둘러업고 나가서 일단 내려놓은 다음, 발소리를 죽여 살금살금 걸어갔어요. 분명 놈이 어딘가에 숨어 있을 테니까요. 아니나 다를까, 별로 멀리 가지도 않았더라고요. 아마 우리가 당연히 죽을 거라고 믿었나 봐요. 노래까지 흥얼대며 담배를 피우고 있던 걸 보면 말이에요. 난 조심

조심 다가갔어요. 그러고는 곡괭이를 높이 들어 올렸죠. 그래요, 사실은 정말 놈의 정수리에 이걸 콱 꽂고 싶었어요. 뭐랄까, 꼭 한 번은 그렇게 해보고 싶다는 기묘한 본능이 마구 용솟음쳤으니까요. 하지만 곡괭이로 내리치려는 순간 (이게 다행인지 아닌지는 모르겠는데) 갑자기 소장님 얼굴이 떠오르더라고요. 그만해, 그러다 사람 죽이겠어! 뭐 이런 목소리도 들려오는 것 같았고요. 결국 난 정수리 대신 그냥 놈의 어깨만 찍었어요. 그냥 두면 또 무슨 짓을 저지를지 모르니까요."

그러고 보니 구석에 쭈그려 앉은 선장이 한쪽 어깨를 들썩이며 신음하고 있었다.

"아, 물론 너무 걱정은 마세요. 죽을 만큼 쑤셔놓은 건 아니니까요. 참 그리고 내가 소장님 주머니를 뒤져서 놈에게 수갑도 채웠어요. 그러니까 이제 우린 배를 타고 뭍으로 가기만 하면 돼요. 가서 사람을 불러오자고요!"

두 사람이 선착장을 향해 출발하는 걸 보고, 선장이 울부짖었다.

"기다려, 나도 데려가야 할 거 아니야?"

그러자 우체부가 홱 돌아서더니 선장의 무릎을 발로 찼다.

"입 닥치고 여기서 기다리라고, 알았지?"

당당하게 앞서가는 우체부 뒤에서, 박 경위는 왠지 기가 죽은 채 느릿느릿 걸었다.

범인을 체포하고 시민을 구해야 할 자신이, 도리어 도움을 받고 이젠 패잔병처럼 쓸쓸히 따라 걷고 있다니.

고개를 숙이고 말없이 걷던 박 경위가 퍼뜩 고개를 든 건, 채 100미터도 가지 않아서였다. 그는 큰 소리로 앞에 가는 우체부를 불러 세웠다.

"이봐, 혹시 배 운전할 줄 알아?"

회색빛 어스름 속에서, 우체부는 멍하니 서 있었다. 주룩주룩 내리는 비가 그의 얼굴을 타고 끊임없이 흘러내렸다.

"당연히 못하죠. 소장님은요?"

박 경위는 고개를 저었다. 피멍이 들고 살갗이 벗겨진 손목이 점점 더 심하게 아파왔다.

"그럼 어쩌지? 육지까지 어떻게 나가냐고."

"……어쩔 수 없죠. 걸어가는 수밖에요. 일단 국도까지만 나가면 지나가는 차라도 얻어 탈 수 있지 않을까요? 아니, 그보다 먼저 휴대폰도 어딘 가쯤에선 다시 터질 테고요."

말은 그렇게 하면서도, 우체부의 어깨는 눈에 띄게 축 처졌다. 박 경위 역시 마찬가지였다. 이런 상태로 그 먼 길을 하염없이 걸어야 한다니. 이 차가운 비를 온몸에 맞으며 말이다.

그때 우체부가 골짜기 쪽으로 난 좁은 임도를 가리키며 외쳤다.

"잠깐, 소장님, 저길 보세요!"

거기선 두 개의 불빛이 빗줄기를 뚫고 빠르게 다가오고 있었다. 그리고 요란한 소리, 번쩍이는 경광등. 급정지한 차에서 휙 뛰어내린 사람은 이 순경이었다.

"여기 계실 줄 알았어요. 전화를 아무리 걸어도 답이 없길래 무슨 일이 생긴 거라 직감했거든요. 배가 없어서 국도로 돌아오느라 이렇게 오래 걸렸습니다."

선장은 경찰차에 끌려와서도 여전히 중얼중얼 떠들었다.

"뉴 제너레이션…… 새로운 세상이 와야 한다고…… 이럴 때가 아니야, 지구 전체가 늙은이들로 뒤덮이는 걸 보고 싶어? 이제라도 늦지 않았어. 당신들도 정신 차리고 우리와 함께하자고."

그러나 차가 출발하자 그의 말은 점점 더 알아들을 수 없게 변했고, 마침내 조용해져 뒤를 돌아보니 어느새 곤히 잠들어 있었다.

비에 젖은 짙은 잿빛 풍경을 내다보다 말고, 박 경위가 물었다.

"노인들은 어떻게 됐어? 가족들과 연락은 해봤나?"

운전을 하느라 앞만 보며 이 순경이 대답했다.

"일단 파출소로 돌아가는 즉시 가족들에게 연락을 취해볼 생각입니다. 지금은 소장님과 우체부를 구하는 게 우선이라서……."

박 경위는 알았다고 대답하며 머리를 뒤로 기댔다. 이렇게 긴 밤은 처음이었다.

전화를 받은 피 노인의 아들이 말했다.

"아니, 그것 때문에 이 새벽에 전화를 한 거요? 참 나, 저희 아버지는 어제 1박 2일 일정으로 강경에 관광 가셨다고요. 네, 마을 어른들 전체가 다 같이요. 정말이냐고요? 아니, 그럼 거짓말을 하겠습니까? 무슨 장수 마을로 뽑혔다나…… 그래서 그 기념으로 어디 관청이라고 했는데, 하여간 그런 데서 보내드리는 거라고 하더라고요. 바다도 보고 그렇게 하루 놀다 오신다고 아주 신나셨던데요. 네, 맞습니다. 이따 오후 두 시쯤 선착장에 도착 예정이니 그때 나가보시면 알 거 아닙니까? 관광버스 운전기사 연락처요? 어디 보자, 불러드릴 테니 정 못 믿겠다면 직접 확인해보시든가요."

운전기사는 한참 만에 전화를 받았다. 그는 아침부터 경찰이 전화를 걸자 무척 당황한 것 같았다. 노인들이 거기 있냐고 묻자 다들 자고 있다며 의아해했다.

"언제 도착합니까?"

"오늘 오후 두 시쯤 월상댐으로 가는 선착장에 내려드리게 되어 있는데요."

박 경위는 알았다고 대답한 뒤 전화를 끊었다.

우체부는 파출소 구석 의자에 기댄 채 잠들어 있었다. 이 순경도 멍한 얼굴이었다.

"다들 잘 계신대. 다행이군."

그는 유치장 안에서 이쪽을 보고 있는 선장을 힐끗 봤다.

그럼 저 인간이 한 말은 뭐지? 이런 의문이 들었지만, 더는 아무 생각도 하고 싶지 않았다. 잠깐이라도 눈을 붙여야 뭐라도 할 수 있을 것 같았다.

선착장 앞에서 박 경위는 초조한 얼굴로 시계를 보았다. 두 시 반이 되도록 노인들을 실은 버스는 나타나지 않았다. 30분만 더 기다려보고 만약 오지 않으면, 상부에 보고할 예정이었다.

그때 저쪽에서 요란한 엔진 소리와 함께 낡은 관광버스 한 대가 다가왔다. 버스는 선착장 옆 좁은 주차장에 들어서서도 한참 동안 엔진을 끄지 않았다. 10여 분 정도 흘렀을까, 시동이 꺼지더니 앞쪽 문이 열렸다. 가장 먼저 뛰어내린 사람은 운전기사였다. 그는 노인들이 한 명씩 버스에서 내리는 걸 도왔다. 척 보기에도 아흔은 넘어 보이는 이들이 차례로 내렸다. 박 경위는 경찰차 안에 앉아서 속으로 숫자를 셌다. 열 명, 정확히 열 명이었다. 그러니까 팔곡에 사는 노인 전체가 관광에서 돌아온 셈이다. 다들 젓갈을 엄청나게 많이도 샀는지 스티로폼으로 포장된 뭔가를 바리바리 싸들고 있었다.

노인들이 버스에서 다 내린 걸 확인한 운전기사가 이번엔 버스 옆 짐 넣는 칸을 열었다. 지켜보던 박 경위는 자기도 모르게 입을 딱 벌렸다. 그 안에도 스티로폼 상자들이 가득 쌓여 있었다. 저 노인네들, 올해 김장을 무지하게 많이도 담글 예정인가 보군. 그는 속으로 중얼거렸다. 상자를 다 꺼낸 뒤 노인들이 운전기사와 인사를 나누고 있을 때, 박 경위는 차에서 내렸다. 그는 빠른 걸음으로 노인들에게 다가갔다.

"어르신들, 여행은 즐거우셨습니까?"

그 말에 각자 웅성대며 모두들 신나게 떠들기 시작했다. 아마 여행이 재미있었다고 하는 거겠지. 그는 대충 흘려들으며 이장을 찾았다. 피 노인은 한창 젓갈 상자 개수가 맞는지 세어보는 중이었다.

"안녕하세요, 월상파출소에서 나온 박 경위라고 합니다."

피 노인이 반가운 표정을 지었다.

"아이고, 이거 웬일이셔? 우린 보다시피 방금 관광에서 돌아오는 길이라네."

"네, 알고 있습니다. 그래서 드리는 말씀인데, 실은……."

그러면서 박 경위는 저간의 사정을 간략하게 설명했다. 선장에 관한 얘길 그대로 전하면 노인들이 받을 충격이 만만치 않을 거란 생각에, 얼추 꾸며서 말했다.

"……해서, 그 선장님이 당분간은 배를 운행할 수 없게 되었어요. 하필이면 마침 여행에서 돌아오시는 날 이렇게 되어 어떡하지요? 그래서 드리

는 말씀인데, 현재는 배가 다니지 않으니―선착
장 담당자 말로는 새 선장을 구하는 즉시 운행을
재개한다고는 했습니다― 저희가 육로를 통해서
마을까지 모셔다드릴까 합니다. 시간은 좀 걸리
겠지만, 현재로선 그 방법밖에 없어서요."

피 노인은 걱정스러운 얼굴로 고개를 끄덕였
다.

"이런, 선장이 몸이 많이 안 좋구먼. 어쩔 수 없
지. 우리야 버스를 타고 국도로 돌아 들어가도 상
관은 없지만, 괜히 폐를 끼치는 거 아닌가 몰라."

박 경위는 손을 내저으며 괜찮다고 했다. 어쨌
든 노인들이 별 탈 없이 돌아왔으니 얼마나 다행
인가. 문득 아까 파출소에서 이 순경의 비웃는 듯
하던 표정이 떠올랐다. 사건 보고서를 쓸 준비를
하며 박 경위는 말했다.

"이봐, 이 순경. 혹시 뉴 제너레이션이라고 들
어봤어?"

"글쎄요, 새로운 세대인가? 혹시 뉴에이지를
잘못 들은 건 아니세요?"

"뉴에이지는 또 뭔데?"

"그 음악 말이에요. 약간 잔잔한 노래 같은 거…… 그런 걸 뉴에이지라고 하지 않나요?"

박 경위는 모니터에서 고개를 들었다. 그런 음악이 있었던가? 하지만 그는 음악이나 미술 따위에도 역시 문외한이었다.

"흠, 그런 건 처음 들어보는군. 하여튼 내가 말한 뉴 제너레이션은 어떤 조직 이름이야."

그러면서 그는 선장이 늘어놓은 기이한 이야기를 들려줬다. 처음에 이 순경은 꽤 흥미를 보였다. 그러나 얘기가 길어질수록 점점 눈이 꺼벙해지더니 나중엔 대놓고 하품을 하며 기지개를 켜는 것이었다.

"저어, 소장님. 말씀 중에 죄송한데요, 설마 그걸 다 믿으시는 건 아니죠? 생각해보세요. 그런 비밀 조직이 있다면 사람들이 왜 눈치를 못 챘겠어요? 그리고 국가가 그걸 만들고 운영한다니……? 솔직히 말이 안 되잖아요."

뭐라고 대답하려는 순간, 이 순경이 재빨리 말을 이어갔다.

"실은 진짜 많이 피곤해 보이세요. 거울 좀 보

시라니까요. 눈도 완전 새빨갛고, 제 생각엔 누워서 쉬시는 게 어떨까 싶은데…… 보고서는 제가 마저 쓸게요. 어차피 선장이 한 헛소린 증거가 있는 것도 아니니 그건 그냥 뺄게요. 빼고, 공무집행방해 정도로 가면 될 것 같거든요. 소장님이 팔곡마을을 순찰하는데 갑자기 튀어나와 끈으로 묶고 협박했으니까요. 잠깐, 그러고 보니 소장님 죽을 뻔한 거 맞죠? 어디 보자, 그러면 방화에 살인미수도 넣어야 할 것 같은데…….”

하지만 박 경위는 듣는 둥 마는 둥 손을 내저었다.

“글쎄, 내 말 좀 들어보라니까. 나도 처음엔 안 믿었어. 저 새끼 하는 얘기가 워낙 같잖아야지. 그런데 오전 내내 자료를 찾아보고 나서야 저놈의 말이 진실일 수도 있다는 걸 알게 됐지. 자, 여기 와서 보라고.”

그는 새벽에 파출소에 돌아왔는데도 씻지도 않고 커피를 몇 잔씩 끓여 마시며 미친 듯이 자료를 검색했다. 물론 ‘뉴 제너레이션’이란 조직은 없었다. 하지만 없는 게 당연하지 않은가. 선장은 분명 그 조직이 비밀 기관이라고 말했다. 오히려 증거는 다른 곳에, 그러니까 평범한 뉴스나 칼럼, 사람들의 댓글 같은 것들 속에 숨어 있었다.

"이거 보이나? 이 그래프 말이야. 노인 자살률이야. 엄청나지 않아? 우리나라가 OECD 국가들 중 1위라는 거, 알고 있었어?"

그는 이 순경이 슬슬 딴청을 피우는 것도 아랑곳하지 않고 계속해서 열변을 토했다.

"게다가 기준 나이를 75세 이상으로 잡으면, 자살률이 두 배로 뛴다고. 아니, 이게 어떻게 자연적으로 가능하지? 노인네들이 이렇게 많이 죽는데도 아무도 모르고 있잖아. 자넨 알았어? 몰랐지? 그것 보라고. 거기다, 매년 실종되는 노인은 또 몇 명인지 알아?"

박 경위는 이 순경의 대답을 기다리며 잠시 가만히 있었다. 결국 어쩔 수 없이 이 순경이 "잘 모르겠는데요. 몇 명인데요?"라고 되묻자, 의기양양하게 답하는 것이었다.

"한 해 8천 명이 사라진다고. 8천 명. 8천 명이나 되는 노인들이 온다 간다 말도 없이 사라지는

데, 그런데 아무도, 어떤 신문도 뉴스도 걱정하지
않잖아. 어때? 이것만 봐도 저놈(그러면서 박 경
위는 턱짓으로 유치장 쪽을 가리켰다. 거기선 풀
죽은 표정의 선장이 멍하니 이쪽을 내다보고 있
었다. 밴드를 덕지덕지 붙인 어깨가 아픈지 이따
금 신음 소릴 냈지만, 사실 상처는 깊지도 않았
다. 그저 곡괭이 날에 대충 스친 정도라고나 할
까.)이 한 말이 어느 정도 신빙성 있어 보이지 않
아, 응? 하여튼 난 이걸 지역신문에라도 제보할
생각이야. 잘 아는 기자가 있는데, 아마 굉장히
흥미를 보일걸! 아, 그리고 여기 또 있어. 하여튼
인터넷에서 검색을 조금만 해봐도 자료들이 그냥
막 쏟아지더라고."

참다못한 이 순경이 말했다.

"저어, 소장님. 숫자와 통계에 항상 주의하라고
한 게 소장님 아니던가요. 실종자가 8천 명이라
는 건, 그러니까 진짜 없어진 노인이 그렇다는 게
아니라 그냥 실종 신고 건수가 그렇다는 거잖아
요. 아마도 그중 대부분은 도로 집을 찾아왔을 거
라고요. 안 그래요?"

순간 박 경위가 짜증 섞인 목소리로 외쳤다.

"허 참, 뭔 말이 그렇게 많아? 일단 중요한 건 8천 건의 실종 신고가 들어왔다는 거 아닌가? 그리고 솔직히 나도 얼마나 많은 노인이 다시 돌아왔는지 알아보고 싶었지만, 그런 기록은 어디에도 없었다고."

그러나 박 경위의 말은 여기서 끊기고 말았다.

이 순경이 벽에 걸린 시계를 보더니 다급한 척 외쳤기 때문이다.

"말씀 중에 죄송한데요, 소장님. 선착장에 나가본다고 하지 않으셨어요? 지금 거의 두 시가 다 되어가는데요. 혹시 바쁘시면 제가 대신 다녀올까요? 가서 노인들 잘 내리는지 확인해보고 집까지 모셔다드리면 되는 거잖아요?"

그러면서 이 순경이 나갈 준비를 하는 걸 만류하고, 박 경위는 직접 선착장에 왔던 것이다. 아무래도 노인들이 무사한 것을 두 눈으로 확인해야 안심이 될 것 같았기 때문이다.

버스에 오르는 노인들을 보며, 그는 물안개가

자욱했던 팔곡마을을 생각했다. 확실히 그곳은 공기가 좀 다르지 않은가. 아까 이 순경에겐 그렇게 떠들었지만, 사실 그도 오전 내내 자료를 검색하며 차차 선장의 말을 의심하게 되었다. 그건 웃기는 얘기였다. 국가와 미디어, 사람들의 무의식이 하나가 되어 노인들을 죽음으로 몰아간다니. 그런데도 마을의 뿌연 물안개와 어스름한 달빛 속으로 되돌아가면, 그 모든 것이 사실로 여겨질 것 같았다. 어딘가엔 '뉴 제너레이션'이라는 비밀조직이 있고, 그들은 대외적으로 웰다잉협회라는 이름으로 활동하며, 노인들이 알아서 세상을 떠나도록 종용하고 있는 것이다.

육로로 돌아서 가는 길은 험했다. 구불구불한 도로가 계속되는 탓에 노인 서넛이 멀미에 시달렸고, 박 경위는 토사물이 담긴 비닐봉지를 처리하느라 고군분투했다. 우여곡절 끝에 노인들을 모두 마을에 내려준 뒤, 그는 마지막으로 피 노인이 자기 집 대문을 열고 들어가는 장면을 지켜봤다. 그러다가 문득 궁금한 게 생겨 노인을 소리쳐 불렀다.

"어르신, 잠깐만요."

피 노인은 대문 고리에 손을 얹은 채 돌아봤다.

"지난주 우편함에 넣어둔 편지는 왜 다들 안 가져가신 거예요?"

그러자 노인이 머쓱하게 웃었다.

"아, 그거. 우편함 공동 열쇠를 내가 잃어버렸지 뭐야. 뭐 급한 우편물이 있는 것도 아니라서, 나중에 우체부 김 씨가 오면 새 열쇠를 부탁할 생각이었어. 왜? 누가 뭐라고 하던가?"

"아닙니다. 그냥 궁금해서요."

하지만, 피 노인이 마당에 스티로폼 젓갈 상자를 들여놓고 대문을 닫으려는 순간 박 경위는 또다시 소리쳤다.

"어르신, 그러면 이불 속에 그런 허수아비는 왜 넣어놓고 가신 겁니까? 혹시 도둑이라도 들까봐 그러셨어요?"

그러나 노인은 영문을 모르겠다는 듯 어리둥절한 얼굴로 그를 쳐다보는 것이었다. 하긴, 저렇게 나이 많은 이들이 모든 걸 기억한다는 건 무리일지도 모르지. 그는 오래전 세상을 떠난 자신의 조부를 떠올렸다. 평소엔 멀쩡한 것 같지만 뜬금없이 이상한 소릴 하더니 3년여 만에 세상을 뜨고 말았었지. 그는 속으로 피 노인이 몇 살쯤 됐을지 생각해봤다. 저 엄청나게 많은 주름이라니. 아마 백 살도 넘지 않았을까. 그렇다면 자기가 여행을 떠나기 전 이불 속에다 뭘 두고 나왔는지도 기억 못 할 수도 있겠군.

"뭔 소릴 하는 건지? 하여간 여기까지 왔으니 저녁이라도 먹고 가지 그러나?"

피 노인의 말에 경위는 손사래를 쳤다.

"아닙니다. 돌아가는 데도 꽤 오래 걸릴 테니 이만 가보겠습니다. 어르신, 그럼 편히 쉬십시오."

그는 인사를 하고 저쪽에서 시동을 켠 채 기다리고 있던 군청 버스에 올라탔다.

피 노인은 파출소장이 탄 버스가 출발하는 걸 가만히 지켜보다가 대문을 닫았다. 비록 내내 앉아서 다닌 여행이었지만 확실히 피곤했다. 어쩌면 가지 않는 것이 더 나았을지도 모른다. 강경은 처음 가보는 곳이었지만 생각만큼 즐겁진 않았다. 게다가 자기도 모르게 젓갈을 이렇게나 많이 사지 않았는가. 나중에 아들 내외나 딸이 오면 또 얼마나 잔소리를 할 것인가. 하긴, 그런 소리를 들어도 할 말은 없다. 확실히 이런 걸 노망이라고 하는 거겠지. 김장할 것도 아니면서 이걸 다 사다 니.

'그나저나 어디다 숨겨둬야 하나?'

피 노인은 어리굴젓, 새우젓, 멸치젓이 가득 들어 있는 세 개의 스티로폼 상자를 내려다봤다. 그래, 지하실에 넣어두는 수밖에. 어쨌든 다음 주 아들 내외가 다녀갈 때까진 안 보이는 곳에 둬야 한다.

스티로폼 상자를 카트에 실어 옮기려는데, 어디선가 '지지직' 하는 소리가 들려왔다.

노인은 잠시 손을 멈추고 가만히 귀를 기울였다. 요즘 이명이 심해지더니 이젠 별 헛소리가 다 들리는군. 이런 생각을 하며 다시 상자를 들어 올리는데, 이번엔 소리가 훨씬 더 커졌다. 그건 안방에서 들려오고 있었다.

조심스럽게 방으로 다가가 문을 살짝 밀어봤

다. 이부자리에 누군가가 누워 있는 것 같았다.

"뉘쇼? 남의 집에……?"

노인은 발끝으로 걸어가 이불을 들추다가 자기도 모르게 뒤로 펄쩍 물러섰다. 보기에도 흉측한 옥수숫대 다발이 허수아비처럼 떡하니 누워 있지 않은가.

"어느 몹쓸 놈이 이런 장난을 친 거야?"

그러다가 퍼뜩 고개를 든 그는, 어느새 텔레비전이 켜져 있다는 걸 알아차렸다. '지지직'대는 소리는 바로 거기서 나는 거였다.

"아니, 이게 무슨 귀신이 곡할 노릇이야? 그나저나, 내가 갈 때 테레비를 켜두고 갔었던가?"

중얼거리며 리모컨을 찾는데, 지직대는 화면의 잡음이 사라지더니 한 여자가 스르륵 나타났다. 아름다웠지만 어딘지 모르게 창백한 여자였다. 잠시 멈춰서 화면을 보고 있는데 여자가 부드럽게 인사를 했다. 그러고는 아주 먼 곳에서 울려오는 메아리 같은 목소리로 속삭이는 것이었다.

"안녕하세요, 웰다잉이란 말을 들어보셨나요?"

*

　박 경위는 생각할수록 화가 나서 견딜 수 없었다. 엊그제 지역신문인 『월상투데이』 편집장 오 씨에게 당한 창피는 아무리 해도 잊히지 않았다.

　노인들을 팔곡에 내려주고 군청 버스를 타고 돌아오는 길에, 경위는 오 씨에게 전화를 했다. 『월상투데이』라고 해봤자, 이름만 번듯하지 실상 정기적으로 발행되는 신문은 아니었다. 소식이 있으면 일주일에 두어 번, 총 네 면으로 발행되는데, 그나마도 식당 광고가 대부분을 차지하는 일종의 팸플릿 비슷한 신문이었다. 그래도 지역 유지들은 『월상투데이』를 유료로 구독했다. 매달 4천 원을 내면 집까지 우편으로 배달해주는데, 파출소장인 박 경위도 어떻게 보면 지역 유지였기 때문에 4천 원을 자동이체해두고 신문을 보고 있었던 거다. 사실 편집장 오 씨와는 특별한 친분이 있기도 했다. 비록 사건 사고라곤 거의 없는 지역의 파출소이긴 해도 그래도 간혹 사건 비슷한 게 터질 때가 있었다. 그때마다 오 편집장은 박 경위에게 가장 먼저 전화를 걸어왔다. 오 씨 말로는 자기가 『월상투데이』 일만 하고 있는 건 아니라고 했다. 꽤 유명한 중앙일간지 이름을 대며, 자신이 이 지역의 특파원 같은 걸 맡고 있다고 한 적도 있었다.

"아니, 그러면 그 신문에 어째 이 동네 얘기가 한 번도 안 실리는 거야?"라고 술자리에서 딴지를 걸었더니, 편집장은 정색을 하며 대답했다.

"소장님, 생각해보세요. 이 동네에서 사건이 나봤자 배추밭에서 배추 몇 포기 없어지는 정도인데, 그걸 어떻게 중앙일간지에 실어요? 뭔가 화끈한 게 터져야 기사가 되지요. 솔직히 저도 특종 한번 보내보고 싶다고요. 그러니까 큰 건 터지면, 아시죠? 바로 저한테 제일 먼저 연락 주셔야 해요. 약속하시는 겁니다."

박 경위는 선장과 뉴 제너레이션에 대한 이야기야말로 바로 그 화끈한 사건 아닌가 생각했다. 물론 아직 누가 죽거나 그런 건 아니다. 하지만 언론이란 게 무엇이란 말인가. 사건이 터진 뒤에야 그걸 추적하는 건 하수라고 언제나 그는 믿어왔다. 진짜 고수라면, 그리고 제대로 된 언론인이라면, 실제로 사건이 터지기 전 그 어둠 속에 숨겨진 뭔가를 찾아내고 파헤쳐서 만천하에 널리 알려야 하는 법이다. 게다가 사건이 없었던 것도 아니다. 몇 년 전 장수 노인 축하연 때 선장이 틀었던 비디오를 시청한 노파가 며칠 뒤 스스로 목숨을 끊었다. 그리고 놈이 댐 전망대를 오가는 배에서 그 웰다잉협회인가 뭔가에서 만든 괴상한 영상을 매일 상영하지 않았느냔 말이다. 장수촌으로 유명했던 이 일대에서 노인들이 이런저런 이유로 하나둘씩 세상을 떠나고—그중엔 유별나게 호수에 몸을 던져 죽은 노인들이 많았다. 물론 이 순경은 이렇게 응수했지만. "아니 소장님, 그거 모르세요? 자살의 법칙. 자살하려는 사람은 원래 주변의 지형지물을 이용하는 법이라는 거 말이에요. 호수가 있는 마을에 사니까 당연히 호수에 많이 빠져 죽는 거지요. 도시에 가보라고요. 다들 아파트나 다리 난간에서 뛰어내리잖아요. 또 뭐더라, 맞다, 시골에선 농약을 많이 마시고 대도시에선 수면제, 미국에선 권총이나 장총, 뭐 그런 거 아니겠습니까? 그러니 호수에 빠져 죽은 노인이 많다고 너무 과대 해석하시면 곤란해요. 그걸 확증편향의 오류라던가, 그런 말로 부르는 것 같던데."— 다섯 개나 되던 마을이 둘로 줄어든 것도 다 그 때문일지도 모른다.

자다가 전화를 받았는지 멍한 목소리로 대답하던 오 편집장도 중간부턴 약간의 흥미를 보였다. 하지만 그 역시 박 경위의 말을 다 믿지는 못하겠다는 투였다. 경위는 힘주어 말했다.

"이따 저녁때 파출소로 오라고. 지금 노인들을 마을에 데려다주고 돌아가는 길인데, 선장이 아직 유치장에 있어. 일단 사건 보고서를 쓰는 중이니까 적어도 내일 아침까진 여기 있을 거야. 그전에 와서 한번 만나보라고. 자넨 신문기자니까 좀 더 전문적으로 인터뷰도 할 수 있을 거 아니야? 이참에 정말 그런 조직이 있는지도 캐보고. 어때? 올 수 있지?"

오 편집장은 알겠다고 했다. 이상하게 흥분한 박 경위는 파출소 앞에 군청 버스가 섰을 때 제대로 인사도 하지 않고 뛰어내렸다. 어쩌면 편집장이 사진을 찍을지도 모르지. 어제 팔곡에서 헤매고 다니느라 자신의 몰골이 말이 아니라는 생각이 들자 마음이 조급해졌다. 대충이라도 면도를 하고 셔츠라도 갈아입어야 한다. 그는 불빛이 새어 나오는 파출소 문을 벌컥 열고 들어갔다. 이 순경이 컴퓨터 앞에 앉아 뭔가를 하다 말고 벌떡 일어섰다.

"소장님, 오셨습니까?"

"응, 그래. 뭐 별일 없었지?"

그는 건성으로 대답하며 유치장 쪽을 보았다. 그런데 느낌이 좋지 않았다. 아니 좋지 않은 게 아니라 거의 나쁠 정도였다. 왜냐하면 그 안이 텅 비어 있었기 때문이다. 뭐라고 묻기도 전에 이 순경이 먼저 머리를 긁적이며 대답했다.

"실은 그게, 소장님이 나가시고 얼마 안 되어서 말입니다……."

이 순경은 보고서를 쓸 준비를 하고 있었다. 사실 박 경위의 말을 믿진 않지만, 그렇기에 더더욱 잘 써야만 했다. 만약 소장의 말대로 '뉴 제너레이션'이 어쩌고, 하는 보고서를 올린다면 바보 취급당할 게 확실했다. 세상에, 그게 말이 되는가 말이다. 복지 재정 손실을 줄이고 초고령화사회로 진입하는 것을 막기 위해 국가가 노인들을 자살로 몰아넣는 비밀 조직을 운영하고 있다니. 소장은 사람은 참 좋은데 남의 말을 너무 잘 믿어서 큰일이다. 그런데 또 생각해보면, 소장 정도 나이가 되면 늙는다는 것에 피해의식이 생길 법도 했다. 나처럼 젊은 사람이야 그런 비밀 조직 따위 믿지도 않겠지만, 점점 늙어가는 사람들은 솔깃할 수도 있지 않을까. 소장은 나이보다 겉늙어 보여서 사복을 입고 버스에 타면 자리 양보도 자주 받는 편이었다. 쉽게 말해서, 노인 취급을 많이 받는다는 얘기다. 게다가 소장은 몸도 안 좋지 않은가. 벌써 몇 년 전부터 온갖 약을 다 먹고 있다고 들었다. 고혈압에 당뇨, 고지혈증까지. 그러니 노인과 관련한 얘기가 나오면 동병상련의 심정으로 헛다리를 짚을 가능성도 없지 않았다. 이번 일만 해도 그렇지. 미치광이 선장이 한 헛소리에 저렇게 신경을 쓰다니.

그때 조용히 파출소 문이 열렸다.

처음엔, 선착장에 간다던 소장이 뭔가를 두고 가서 다시 돌아온 줄 알았다.

"뭐 잊고 간 거라도 있으세요?"라고 하며 고개를 들어보니, 앞에 서 있는 건 소장이 아니었다. 회색 옷을 입은 두 명의 남자가 서 있었다. 어찌나 전체적으로 회색인지, 착시였겠지만 순간적으로 얼굴까지 회색으로 보일 정도였다.

그들은 잠시 말없이 서 있더니 둘 중 좀 더 작은 쪽이 먼저 입을 열었다.

"안녕하십니까? 여기 김흥복이란 사람이 있다고 들었습니다만."

잠깐 동안 이 순경은 김흥복이 누군지 생각했다.

"아, 선장 말씀이로군요. 네, 맞아요. 지금 유치장에 있긴 한데, 근데 어디서 오셨습니까?"

그러자 남자가 회색 선글라스를 벗으며 주머니에서(알고 보니 그 회색 옷엔 주머니가 많았다) 수첩을 하나 꺼냈다.

"우린 이런 사람입니다. 김흥복을 데리러 왔어

요. 여기 관련 서류가 있습니다. 한번 확인해보시죠."

"국립정신의학연구소······라고요? 이런 데가 있나? 그런데 거기서 선장을 왜 데려가는 건가요? 그리고 이 서류는 어디서 나온 거지요? 소장님은 지금 자리에 안 계신데, 나가기 전에 그런 얘긴 전혀 없었거든요."

남자는 주머니에서 회색 손수건을 꺼내더니 안경을 닦았다. 그런 다음 다시 손수건을 잘 펴서 이마와 얼굴을 문지르고는 도로 주머니에 넣었다. 그러는 동안 다른 한 남자는 열중쉬어 자세를 한 채 뒤에 서 있었다.

"아, 소장님께 아직 연락을 받지 못했군요. 하여튼, 이건 지방경찰청 차원에서 내려온 서류입니다. 믿어지지 않으면 잘 읽어보십시오."

이 순경이 서류를 살피는 동안 남자는 계속해서 말했다.

"음, 그리고 형사사법정보시스템 덕분에 군이 따로 보고하지 않아도 바로바로 상급 기관으로 사건이 전달된다는 건, 뭐 아무리 이런 시골 파출소에 있어도 잘 알고 계실 테고요."

그 말에 서류를 읽던 이 순경이 얼른 고개를 끄덕였다.

"아, 그럼요, 물론이지요. 이런 시골 파출소라 해도 정보화 시스템에 뒤처져 있는 건 아니니까요."

"역시 잘 알고 계실 거라 생각했습니다. 그래요, 그래서 우린 바로 김홍복이 여기 있다는 보고를 받을 수 있었지요. 사실 그동안 오래도록 저 사람(그러면서 회색 남자는 유치장에 있는 선장을 손으로 가리켰다. 선장은 얼굴이 파랗게 질린 채 이쪽을 내다보고 있었다. 창살을 꽉 쥐고 있는 손마디엔 핏기라곤 없었다)을 찾아다니고 있었습니다. 전에 정신적으로 문제가 있어서…… 노인 요양원에서 사고를 좀 쳤지요. 그것 때문에 병원에 수감됐었는데, 외출 허가를 받고 나갔다가 쥐도 새도 모르게 사라져버렸지 뭡니까. 그런데 이렇게 나타났으니, 다시 데려가야죠. 그러니까 우리 말은, 치료를 잘해서 사회로 복귀시킬 준비를 하겠다, 이 말입니다."

남자에 의하면, 요양 보호사로 일하던 김흥복이 밥투정을 하며 진상을 부리던 노인의 머리를 쇠 국자로 내리치고 달아난 사건은 당시 꽤 유명했다고 한다. 다행히 노인은 죽진 않았고, 김흥복은 인근 산속에 숨어 있다 곧바로 붙잡혔다는 것이다.

　"그때 검거한 뒤 정신감정을 해보니 약간의 분열증과 피해망상, 과대망상증 같은 것에 시달리고 있더랍니다. 본인이 이상한 임무를 맡고 있다고 굳게 믿었고……."

　그 말에 이 순경이 반색을 하며 외쳤다.

　"아, 맞습니다. 자기가 무슨 뉴에이지인가 뭔가 하는 조직의 일원이라고 했다더군요. 노인들을 없애버리는 일을 한다나. 그 얘기 맞지요? 그야말로 미친놈 아닙니까? 저희 소장님은 그걸 또 심각하게 생각하시더라고요."

　그러자 남자 둘은 서로 눈짓을 하더니, 헛기침을 하고는 다시 이야기를 이어나갔다.

　"뉴, 뭐라고요? 글쎄요, 그런 건 우리도 처음 들어봤고…… 여하간, 저 사람의 증세는 세상이 돌아가는 과정을 자기만의 관점에서 기괴하게 해석하는 거라고 보면 될 겁니다. 아무래도 그러다 보니 말도 안 되는 얘길 꽤 많이 주절주절 늘어놨겠지요. 어쨌든 감사합니다. 덕분에 김흥복을 이렇게 생각지도 못한 곳에서 찾아내게 되는군요."

이 순경은 서랍에서 열쇠를 꺼내 유치장 문을 열었다.

선장이 울 것 같은 얼굴로 그를 쳐다보았다. 하지만 회색 남자들과 눈이 마주치자 고개를 푹 숙였고 그런 다음엔 말없이 그들의 차에 올라타더니 떠나버렸다.

"아니, 뭐야? 그럼, 그 서류는? 받아놓은 서류 좀 줘봐."

"그게 저어……."

막상 이 순경은 그들이 떠나고 난 뒤 의심스러운 마음이 들었다고 한다. 하지만 회색 남자들 앞에서 허둥대느라 서류는 살펴보기만 하고 받아두진 못했고, 인터넷을 검색해봤지만 국립정신의학연구소라는 곳은 찾을 수도 없었다. 지방경찰청의 아는 사람을 총동원해서 알아봤지만, 그런 서류를 내쳤다는 부서도 찾지 못했다. 그래서 그는 불안과 두려움에 떨며—엄청나게 꾸지람을 들을 거라는 생각에 말이다— 소장을 기다리고 있었다는 것이다.

막 욕을 퍼부으려는 순간, 문이 벌컥 열리며 이번엔 오 편집장이 들어왔다. 그는 어깨에 카메라를 메고 있었고 한 손엔 아이패드까지 들고 있었다. 얼굴엔 생기가 넘치다 못해 빛이 날 지경이었다.

"소장님, 그래서 어디 있습니까? 그 선장인가 뭔가 하는 사람."

텅 빈 유치장 앞에서 대강의 사연을 듣고, 편집장은 엄청나게 실망스러운 표정을 지었다. 그럴 줄 알았다는 얼굴이었다.

"그러니까 결국 그냥 미친 사람이었다는 말이네요? 피해망상에 시달리던 정신병원 탈출자, 맞지요?"

그에게 몇 번이나 미안하다고 사과를 해서 돌려보낸 뒤, 박 경위는 멍하니 의자에 앉아 있었다. 어딘가에서 전화가 걸려올 때까지는.

전화를 걸어온 사람은 본인을 K도의 지방경찰청 보안과 과장이라고 소개했다. 자기보다 훨씬 높은 직급에, 박 경위는 의자에서 벌떡 일어서며 정자세를 취했다.

"네, 월상파출소장 전화받았습니다."

그는 자신이 서류를 내줬다고 설명했다. 일종의 기밀 사항이기 때문에 자세한 건 말해주지 못함을 양해해달라고도 했다. 전화를 끊기 전 K도 지방경찰청 보안과 과장이라는 사람은 이런 말을 덧붙여서 박 경위의 마음을 설레게 했다.

"어쨌거나, 김홍복을 찾아낸 노고를 치하하네. 연말에 좋은 소식이 있을지도 모르지."

전화를 끊은 뒤에도 박 경위는 한동안 수화기를 두 손으로 든 채 가만히 서 있었다.

*

선착장에 새 선장이 왔다는 연락을 받은 건 그로부터 사흘 뒤였다.

"다행이군요. 네, 네. 알겠습니다."

그는 전화를 끊고 의자에 몸을 푹 파묻었다.

이제 다시 등산 스틱을 골라볼 예정이었다. 그나저나 전에 봐뒀던 건 아직 살 수 있을까? 어쩌면 벌써 품절됐을지도 모른다. 그렇다면 어떡하지? 그 비슷한 거라도 구할 수 있으려나.

쇼핑몰 화면을 보다 말고 박 경위의 생각은 다시 선장으로 옮겨 갔다. 노인들이 선착장에 잘 도착하는지 보러 가기 전, 마지막으로 유치장에 있는 그를 돌아봤을 때, 선장은 뭔가 할 말이 있는 듯한 얼굴이었다. 그러면서도 "뭐 더 할 얘긴 없나?"라고 물었을 때 놈은 그저 고집스럽게 입을 꾹 다물고 있었다. 그때 좀 더 이야길 들을 수 있었으면 좋았을 텐데. 그러다가 박 경위는 고개를 저었다. 이런, 내가 지금 무슨 생각을 하고 있는 거지. 한낱 미치광이의 말에 이렇게 신경을 쓰다니. 선장의 말이 헛소리라는 건 조금만 이성적으로 생각해봐도 알 수 있는 일 아닌가. 구글만 들어가도 웬만한 군사기지까지 다 볼 수 있다는 요즘 같은 세상에 노인들만 골라 저세상으로 보내는 비밀 조직이 있다니……. 그걸 믿었던 자기 자신이 한심하게 여겨질 뿐이었다.

하지만 끝까지 알 수 없는 게 있긴 했다. 선장은 왜 그런 망상을 가지게 된 걸까? 대체 무슨 이유로 노인들에게 그렇게까지 크나큰 증오심을 품게 됐단 말인가. 물론 요양 보호사들의 근무 환경이 엄청나게 고되다는 건 잘 안다. 그는 어머니가 죽기 전 1년간 누워 있던 회색의 요양원 건물을 떠올렸다. 멍한 눈으로 항상 창밖만 바라보던 그의 늙은 어머니. 그리고 지친 얼굴로 앉아 있던 중년의 요양 보호사. 하지만 그렇다고 해도 노인을 그 정도로 혐오하긴 쉽지 않을 텐데. 게다가 웰다잉협회는? 협회 홈페이지는 인터넷에서 없어진 지 오래였고 전화번호 같은 것도 찾을 수 없었다. '웰다잉'을 기치로 내건 온갖 사이트가 있었지만 어디에서도 그런 영상을 제작한 곳은 찾아내지 못했다.

그때였다. 이 순경의 다급한 목소리가 들려온 것은.

"소장님, 선착장에서 전화가 왔습니다. 지금

119도 출동하고 있다고 하네요!"

노인 하나가 배에서 뛰어내렸다는 신고 전화였다.

박 경위와 이 순경은 경찰차에 올라타고는 경광등을 번쩍이며 선착장으로 향했다.

사람들이 웅성대며 모여 있고, 잠수부 두 명이 물속으로 들어갈 준비를 하고 있었다.

"누굽니까? 누가 뛰어들었는지 혹시 아세요?"

박 경위가 사람들을 헤치며 달려가자, 선착장 슈퍼 여주인이 울먹이는 목소리로 말했다.

"그 할아버지 있잖아요, 팔곡마을 이장인가 하는 분. 순식간에 뛰어내렸대요."

"피 노인 말입니까?"

"글쎄요, 이름은 저도 몰라요. 하지만 얼굴은 알거든요."

여자의 말을 뒤로하며 박 경위는 물가로 좀 더 가까이 내려갔다. 기관사 모자를 쓴 남자가 구급대원과 이야기를 나누고 있었다.

"네, 네. 맞습니다. 정말 눈 깜짝할 새에, 어떻게 말리고 자시고 할 시간도 없이 그렇게……"

한참 떠들다 말고 남자는 뒤를 돌아봤다. 그러더니 파출소장을 보고는 얼른 모자를 벗으며 인사를 하는 것이었다.

"아, 소장님, 안녕하세요. 저는 얼마 전부터 여기서 새로 일하게 된 선장입니다. 뭐 직원이 따로 있는 것도 아니어서 선장이라고 하기도 뭣하지만…… 앞으로 잘 부탁드립니다."

박 경위는 그의 말을 듣는 둥 마는 둥 하며 물속을 노려봤다.

피 노인의 몸은 보이지 않았다.

사실 물이 너무 탁해서 바로 밑에 노인이 떠다닌다 해도 알아볼 순 없을 것이다.

그는 고무보트가 잠수부 둘을 태우고 호수 중심부로 쏜살같이 헤쳐 나가는 걸 멍하니 바라보았다. 그러다가 발걸음을 돌려 둑 위로 올라가던 박 경위가 갑자기 멈춰 섰다. 저쪽에서 손을 이리저리 내저으며 당시 상황을 설명하는 선장을 유심히 바라봤다. 그는 남자의 손목에서 뭔가를 본 것 같은 기분이 들었다. 의자? 저건 의자 문신 아닌가?

선장이 서 있는 곳까진 그리 멀지 않았다.

그쪽으로 성큼성큼 걸어가는데 호루라기 소리
가 들려왔다.

시체가 발견됐다고 누군가가 큰 소리로 외치고
있었다.

작품해설

모르스 솔라Mors sola, 하나 이상의 이야기

조형래

1.

김희선의 소설들은 대체로 복잡한 편이었다.
사실과 허구, 과거와 현재, 개인사와 역사, 정사와
야사, 기억과 망각과 착란 등이 무수한 가공/실
재의 텍스트와 서로 미묘하게 겹치고 경계 또한
얽혀 있었다. 그 얽히고설킨 양상과 교착交錯된
의미들을 본격적으로 논의하려 드는 것은 결코
쉽지 않은 일이었다. 사건의 인과라든가 현실의
반영 같은, 소설의 형식이나 특성에 관한 유서 깊
지만 구태의연한 전제나 통념으로 해명할 수 있

기는커녕 도리어 그 일체를 교란하거나 무효로 돌리는 에크리튀르들의 브리콜라주에 의해 형성되는 인타라망 내지는 '기원'과 '지금 여기'의 뒤섞임에 기초한 특징을 갖고 있었기 때문이다.[1]

그럼에도 불구하고 흥미롭게 읽힌다는 것이 김희선 소설의 매력이자 장처長處였다. 읽을 때는 즐겁지만, 진지하게 논하려 들면 고통스러운 소설이었달까. 어떻게 읽으려 드는가라는 관점과 욕망 또는 기대지평에 따라 천양지차의 경험을 제공하는, 그야말로 여러 겹으로 읽힐 수 있는 다중적 가능성의 텍스트. 이것이 김희선 소설 고유의 얽히고설킨 스타일과 관련하여 의미심장하다는 것은 말할 필요도 없다.

그리고 이제 『죽음이 너희를 갈라놓을 때까지』

1) 그리고 이러한 간단치 않은 특징과 의의에 대해서는 김희선 소설의 해설을 쓴 백지은(「관심의 제왕」, 『라면의 황제』, 자음과모음, 2014), 복도훈(「이야기의 클리나멘, 클리나멘의 이야기」, 『무한의 책』, 현대문학, 2017), 김녕(「가라앉은, 작은 것들의 기원사」, 『골든에이지』, 문학동네, 2019)의 글을 통해 충분히 논의된 바 있다. 이 글 역시 이들의 논의에 빚진 바 크다.

가 도착했다. 그런데 이것은 김희선의 소설 중에서는 상당히 심플한 축에 속한다. 오해를 피하기 위해 어디까지나 앞서 언급한 (그리고 기존에 논의된) 특징과 장기는 고스란히 유지한 상태에서 그렇다는 것을 밝혀둔다. 대략 다음과 같은 이야기로 읽힐 터다.

2.

팔곡마을에 거주하던 노인들이 모두 사라졌다고 우체부 김 씨가 파출소에 신고해온다. 제보를 받은 파출소장 박 경위는 처음에는 단체 관광이라도 떠난 것이라고 대수롭지 않게 생각한다. 하지만 그는 우체부와 함께 텅 빈 마을의 이곳저곳을 돌아보면서 또 이런저런 기억을 떠올리면서 점차 막연하지만 심상치 않은 기묘한 기분에 사로잡히게 된다. 그도 그럴 것이 섬처럼 둘러싸인 마을로 건너오던 배 안에서 선장이 틀어준 웰다잉협회 관련 비디오는 박 경위와 우체부 두 사

람을 물과 하나가 되고 싶은 기이한 충동에 휩싸
이도록 한다. 그리고 박 경위는 마을을 조사하던
와중에 오래전 그 비디오가 장수 노인 축하연에
서 상영된 적이 있었고 그 며칠 뒤 물에 뛰어들
어 자살한 노파의 시체를 목격했던 기억들을 연
이어 떠올린다. 우체부와 박 경위는 선장의 갑작
스런 습격으로 차례로 포박당하고, 두 사람 앞에
서 선장은 자기가 '뉴 제너레이션'이라는 비밀 조
직의 요원으로 인류, 나아가 지구 전체에 있어서
쓸모없는 잉여인 노인들을 제거하기 위한 임무를
수행하고 있다며 마치 고전 첩보영화의 악당처럼
떠벌린다. 노인들로 하여금 스스로를 혐오하게
만들고 마침내 삶을 비관하여 자살을 유도하는데
웰다잉협회 비디오 또한 그 수단 중 하나라는 것
이다. 의심을 품고 모든 것을 알게 된 두 사람을
기관의 원칙에 따라 제거하려던 찰나, 어떻게 결
박을 풀어낸 우체부가 선장을 덮치고 몇 차례의
격투와 사태 역전 끝에 박 경위는 선장을 제압하
여 체포해 오게 된다.

　그런데 정작 마을 노인들은 모두 1박 2일 간의

단체 관광을 떠났다가 돌아오는 길이었다. 당연히 노인들의 집단적 배제에 관한 음모와 '뉴 제너레이션'의 실체에 관한 이야기를 믿거나 진지하게 취급하는 사람은 아무도 없다. 하지만 박 경위는 아무래도 선장의 진술을 미치광이의 헛소리로만 치부할 수 없었으므로 사건의 진상을 파헤치려는 의욕을 갖고 지방신문의 편집장에게 연락해 보기도 한다. 그런데 박 경위가 자리를 비운 사이 정체 모를 기관원들이 나와 선장의 신병을 인수해 간다. 그들은 선장이 과거 요양 보호사로 일하던 중 노인을 폭행한 후 체포되어 병원에 수용되었다가 탈출했던, 노인 혐오와 (앞서 언급한 음모에 관한) 피해망상에 시달리는 정신병자라는 이유와 관련 서류를 제시했고 후에 지방경찰청 보안과 과장이 전화를 걸어와 박 경위의 노고를 치하하기도 한다. 그럼에도 불구하고 박 경위는 여전히 의혹을 떨치지 못한다. 그리고 사흘 후 팔곡마을 이장 피 노인이 배에서 뛰어내렸다는 신고 전화가 온다. 또 다른 희생자가 발생한 현장에 도착하여 신임 선장이 인사를 해오는 가운데 박 경위는 그의 손목에서 과거 선장과 동일한 문신을 본 것 같은 느낌에 사로잡힌다.

3.

김희선 소설로서는 드물게도 이처럼 간명한 정리가 가능하다. 따라서 그만큼 수월하게 논의할 수 있을지도 모르겠다. 가령 앞서 요약한 내용에서도 쉽게 알 수 있는 것처럼 고령화사회에서의 노인 혐오와 배제의 경제학 및 그것을 둘러싸고 추동되는 음모론에 관한 소설로 읽으면 어떨까. 물론 그것은 (막후에 존재하는 보스의 이념과 언설까지 포함하여) "개소리bullshit"[2])에 불과하다. 이 사실을 부정할 수는 없다. 하지만 동시에 그 데마고그에 해당하는 선장의 말은 사실 박 경위조차 일순간 노인 혐오의 기억을 하나하나 떠올

2) 해리 G. 프랭크퍼트, 『개소리에 대하여』, 이윤 옮김, 필로소픽, 2016.

리게 할 정도로 파급력을 갖고 있다.

그리고 이제 그것은 비단 박 경위에게만 국한되는 문제가 아니게 되었다. 이 소설이 최초로 독자에게 선보였던 당시(2019년 11월)에는 비교적 덜 의식되었겠지만, 코로나19(COVID 19)의 전 지구적 유행으로 인한 팬데믹 사태에서 몇몇 국가들이 노인을 포함한 사회적 취약계층의 자연스러운 도태와 배제를 염두에 두고 집단면역을 빙자한 사실상의 무대응 내지는 방조를 선택한 것일지도 모른다는 음모론이 광범위하게 유포되어 있는 오늘날의 시점에서는 더욱 의미심장하게 다가오는 것이 사실이다.

아울러 무엇보다도 이 소설이 심플하게 읽히는 이유 중 하나는 이 노인 혐오와 도태에 관한 개소리가 기실 우리 스스로에게 대단히 익숙한 것이라는 점에 있을 터다. 예컨대 영화 「수상한 그녀」(2014)의 서두에서 노인에 대한 사회적 편견과 차별에 관한 교수의 물음에 대해 그야말로 온갖 발언이 쏟아져 나오는 가운데 한 학생은 다음과 같이 대답한다. "전 안 늙을 건데요. 전 서른 넘으

면 자살할 거예요. 뭘 구질구질하게 칠팔십까지
살아요?" 이와 같은 발언에 내포되어 있는 비뚤
어진 자기애 그리고 노화 자체에 대한 본능적 공
포와 뒤섞인 노인에 대한 인식은 알다시피 이러
한 「수상한 그녀」의 설정, 즉 회춘回春의 모티브
자체로 확대, 연결된다. 이것은 이 영화가 동아시
아 여러 나라에서 리메이크되어 대부분 성공을
거두었을 정도로 지역과 국경을 초월하여 광범위
한 지지를 얻었던 요인 중 하나일 것이며 다분히
원초적인 욕망에서 비롯된 것인 만큼 그 저변이
넓을 수밖에 없다. 그것이 노인 제거 프로젝트를
실행하는 '뉴 제너레이션'의 음모 및 앞서 언급한
바와 같이 순간적으로나마 그것에 공진하여 반응
한 박 경위의 기억과도 무관하지 않다는 것은 말
할 필요도 없다.

심플하게 읽히는 또 다른 이유에 대해 말할 차
례다. 역시 앞서의 요약을 통해 어렵지 않게 간파
될 터다. 저렇게 요약해보면 이 소설은 박 경위
와 우체부 김 씨가 의외의 사건에 휘말리고 그 진
상을 추적하는 이야기가 된다. 마치 미스터리 소

설/영화의 장르적 규범에 의거해 있는 것처럼 보인다. 반전에 반전을 거듭하는 전개 또한 익숙하다. 사건의 전개에 관한 예측은 여러 차례 빗나갈지 몰라도 장르라는 사전에 주어진 형식에 대한 기대는 일단 충족된다. 그 과정에서 일찍이 츠베탕 토도로프가 구분했던 탐정소설detective fiction의 세 유형 즉 추리소설, 스릴러, 서스펜스의 여러 요소3)를 솜씨 좋게 뒤섞어 변주한 것처럼 여겨질 뿐이다. 다만 이러한 스타일 혼합과 변주 역시 오늘날의 다양한 관련 장르 서사에 있어서 일종의 관행처럼 정착해 있기 때문에 그리 낯설게 다가오지 않는 것도 사실이다. 요컨대 오늘날 널리 일반화된 사회적 화두와 욕망에 관한 이야기를 기성의 친숙한 장르적 관습에 입각해 풀어나가고 있는 것처럼 보이기 때문에 이 소설이 심플하게 다가오는 것일지도 모른다.

하지만 정말 그런가. 과연 이것이 전부인가.

---

3) 츠베탕 토도로프, 「탐정소설의 유형」, 『산문의 시학』, 신동욱 옮김, 문예출판사, 1992.

4.

『죽음이 너희를 갈라놓을 때까지』의 서두에서
부터 사건의 주재자, 회색, 의자 등이 명시된다.
비록 그가 획책하는 프로젝트의 실체가 밝혀져
있는 것은 아니지만, 괜찮다. 선장이 모두 떠벌리
는 순간 그의 정체도, '뉴 제너레이션'이 추진하는
음모의 실체도 확고하게 선재先在하는 것이 된다.
그렇기 때문에 독자들은 회색 옷차림을 하거나
의자 문신을 새긴 남자들이 누구인지 금방 알아
보게 된다. 노인들이 일제히 사라진 것이 아니라
단지 여행을 떠났다는 사실이 밝혀졌다고 해도,
선장이 조직의 일원이 아니라 정신병자로 낙인찍
혔다고 해도, 그래서 조직의 음모라는 것이 모두
에게 믿을 수 없는 헛소리로 치부된다고 해도 상
관없다. 옛 선장은 회수되고 새로운 요원이 부임
할 것이며 마을의 노인들은 하나둘 알아서 죽어
나갈 것이다. 보스와 조직과 프로젝트는 이미 있
으며 또한 스스로 작동하고 있기 때문이다. 노인
들의 집단적 배제에 관한 음모(에 관한 이야기)

는 (비록 개소리일지언정) 그 자체로 완결되어 있다. 마치 이 소설의 시작과 끝이 보스라는 음모의 기원과 두 번째 요원/희생자의 출현이라는 음모의 재시동에 각각 대응하고 있는 것처럼 말이다. 거기에는 "아침을 몰고 오는 분"을 위하여 "묵은 이 의자"(11쪽)는 비워질 것이라는 세계의 정해진 수순 내지는 예정된 순리를 미학적으로 주재한다는 이른바 '혁명'과도 같은 이야기가 부여되어 있다.[4] 그것은 무소불위의 벡터를 가진다. 이것이 이데올로기의 속성을 닮았다는 것은 말할 필요도 없다. 노인들을 희생자로 둔갑시키는, 즉 물이라는 전체 속에 스스로의 개체성을 해소하는 자발적 자살(이라는 역설)을 유도하는 최면영상의 작동 방식이 특히 그렇다. 그것은 김희선의 데뷔작 「교육의 탄생」에서의 '파동 요법'을 연상시키는 한편으로 이데올로기적 국가 장치에 의한 '호명interpellation'과 기묘하게 상응하는 측면

---

4) 서두에서 보스가 시와 음악 그리고 자신만의 세계에 대한 미학적인 견해에 깊이 탐닉하고 있는 것은 이 점에서 우연이 아니다.

이 있다.

우체부 그리고 심지어 경찰인 박 경위가 의구심을 품고 진실을 추적해오거나 계획의 전말을 알게 된 개인들의 노력은 특별한 문제가 되지 못한다. 다음 희생자가 누구인가, 어떤 일이 벌어질 것인가에 관한 서스펜스는 있을지언정, 그들의 사건의 진상을 밝혀내는 과정으로서의 수사의 이야기는 전적으로 무의미하다. 이미 선장의 입을 통해 보스의 존재와 음모의 실체, 나아가 사건의 이야기 전모가 공개된 마당에 그들의 탐색이 위협적일 리 없다. 더욱이 그들은 합리적인 의심과 초인적인 추리의 화신으로서의 탐정조차도 아니다. 오히려 그들이 진실에 부분적으로나마 접근하고자 하는 방식은 우체부의 경우 예사롭지 않은 집념이며, 박 경위의 경우는 개인적인 억측과 불수의적인 상기想起 같은 것에 국한되어 있다. 미스터리의 장르적 관행은 이 지점에서 특히 교란되거나 무화된다. 우체부가 노인들의 실종에 그토록 집착하지 않았더라면, 그리고 박 경위가 마을을 돌아다니며 떠올린 기억에 의거하여 집요

하게 추궁하지 않았더라면 선장이 음모에 대해
떠벌릴 기회조차 주어지지 않았을 것이다.

물론 그들은 이미 완결되어 있는 음모의 이야
기와 단지 부분적으로 접촉할 수 있었을 뿐이었
다. 그것에 개입하여 음모를 저지하거나 또는 진
실에 대해 폭로하는 등의 업적은 그들에게 주어
진 가능성이 아니다. 그들은 명백히 패배했다. 하
지만 이미 그러한 어불성설의 개소리가 틀림없이
있으며 또한 작동한다는 것을 확실히 알아차렸
다. 피 노인의 죽음, 새로 부임한 선장 손목의 문
신 같은 징후들은 이제 결코 무의미한 것이 될 수
없다. 모든 것은 전과 같지 않을 것이다. 무엇보
다도 그들은 노인들이 사라(졌다고 여겨)진 마을
의 이곳저곳을 그토록 오랫동안 주의 깊게 들여
다보며 배회했기 때문이다. 그것은 '뉴 제너레이
션'의 완결된 이야기가 관철되었을 때 도래하게
될 세계의 황량한 풍경을 사전에 돌아본 묵시록
적인 체험이다. 박 경위가 마을을 순회하면서 때
때로 회상하는 많은 주민들로 흥성거렸던 과거가
그 종말 이후의 현현顯現과 극적인 대조를 이루는

것은 지극히 당연하다.

그러므로 그 묵시록적 체험과 상기의 경계 위에 서게 된 박 경위는 이제 마을의 변고를 남의 일처럼 여기지 않았던 우체부 김 씨의 집념을 계승할 터다. 노인들이 사라진 것이 아니라는 사실이 확정된 후반부에 종적을 감춘 우체부는 (감히 예단하건대) 김희선의 다른 소설에 유사하면서도 상이한 모습으로 이미 출연했거나 또는 출연하게 되어 또 다른 탐색과 모험을 계속할 것이다. 개소리의 음모론이 공공의 이익으로 전도된 이 미쳐 버린 세계에서 그들은 특히 이 소설의 박 경위는 누구도 알아주지 않는 자신만의 진실을 공적인 것으로 환원해야 하는 과제에 직면해 있다. 그것은 '뉴 제너레이션'의 완결된 이야기와 달리 미완이며 따라서 열려 있다. 박 경위라면, 음모를 알게 되었다면 이제 과연 어떻게 할 것인가. 이 '—라면 / 였다면'(if)[5]이야말로 사실과 허구, 과거와 현

---

5) 서두에서 보스가 시와 음악 그리고 자신만의 세계에 대한 미학적인 견해에 깊이 탐닉하고 있는 것은 이 점에서 우연이 아니다.

재, 개인사와 역사, 정사와 야사, 기억과 망각과 착란 그리고 무수한 가공 / 실재의 텍스트를 매개하는 가정법의 연결어미다. 픽션은 바로 거기에서 탄생하고 또한 분기된다. 우리는 "Mors sola", 즉 "죽음이 갈라놓을 때"까지 그 '—라면'이 생성하는 무수한 미완의 이야기들을 읽고 쓰는 일을 중단해서는 결코 안 될 것이다.

5.

"죽음이 갈라놓을 때" 즉 "Mors sola"는 로마의 시인 유베날리스Decimus Junius Juvenalis의 『풍자시집』에 수록된 "mors sola fatetur quantula sint hominum corpuscula"라는 라틴어 시구에서 연유한 경구다. 오늘날 통용되고 있는 의미와 달리 '오직 죽음만이 인간의 신체 자체가 얼마나 미소微小한 것인지를 드러낸다'로 번역될 수 있다. 전자가 틀렸으므로 후자의 의미로 마땅히 수정되어야 한다고 말하는 것이 아니다. "Mors sola" 자체가 인간의 시작과 끝, 결혼(이라는 생명 탄생의 계기)과 죽음, 영원한 언약과 소멸 등의 상반되는 의미가 상호 교차하고 중첩되며 분기되는 어구라는 점에 주목하고 싶다. 즉 어떤 어구는, 어떤 문장은, 어떤 이야기는, 나아가 어떤 텍스트는 언제나 이렇게 다중적으로 읽고 쓰며 또한 파생될 수 있는 '다른' 가능성을 내포한다. 김희선의 소설 또한 그렇다. 이 점에서 나에게는 '죽음이 너희를 갈라놓을 때까지'라는 소설의 제목이 (스토리와는 별개로) 실로 의미심장하게 읽힌다.

교차하고 중첩되며 분기되는 무수한 이야기의 가능성. 이것은 하나의 완결된 이야기, 즉 유일무이한 세계의 전일적 지배의 가능성을 부단히 근본적인 차원에서 무화시킨다. 마치 '뉴 제너레이션'의 미래지향적, 공리주의적 음모론에 대비되는 우체부 김 씨의 불가해한 집착으로부터 파생되는 수사의 이야기나 박 경위에 의한 여러 차례의 과거 회상의 장면들처럼 말이다. 이에 대해 (비록 철학을 대상으로 논의한 것이기는 하지만) 한스 블루멘베르크는 다음과 같이 썼다.

하나 이상의 세계가 있다는 것은 퐁트넬 이후 계몽주의를 자극한 정식定式이었다. 우주진화론의 구상들이 제시되기 전만 해도, 그것은 창조의 개념에서 세계의 통일체를 끌어내야 했고 플라톤과 아리스토텔레스에 기댈 수 있었던 신학적 형이상학에 대한 가장 강력한 모순으로 나타났다. 플라톤과 아리스토텔레스는 데모크리토스의 우주 복제에서 세계 이성의 파괴를 목도하고 물리쳤었다. 칸트가 "천체의 자연사"를 다룬 초기의 천재적 작품을 통해 우주의 통일체를 복원했을 때, 그는 **세계들 중 하나의 세계**라는 중재하는 정식도 주었다.

우리가 하나 이상의 세계에 살고 있다는 것은 20세기 철학을 자극하는 발견들을 위한 정식이다. 그것은 우리가 맞닥뜨리는 횟수가 늘어나는 어려움들을 위한 절대적 은유로 읽힐 수 있다. 여기서의 어려움들이란 학문과 예술들, 기술, 경제와 정치, 교양체계와 신앙 제도 등 자율적이 되어버린 영역들에서 '실현되고', 생활 세계상으로 작성된 주체이자 삶의 시간상으로 제약을 받는 주체에게 제공되는 것을, 그러니까 그 주체가 어느 정도로 어쩔 수 없이 벌써 '거기에 속하는지'를 간단히 납득하도록 하기 위해 공급되는 것을, 우리의 경험과 이해능력의 일상적 실재성과 연관시키는 어려움을 말한다.

다시금 세계들 중 하나의 세계라는 정식은 그러한 '세계 붕괴'에, 현실 개념과의 그러한 어려움들에 직면해서 표명되는 요구를 규정하는 듯하다.[6]

"주체가 어느 정도로 어쩔 수 없이 벌써 '거기에 속하는지'를 간단히 납득하도록 하기 위해 공급되는 것을, 우리의 경험과 이해능력의 일상적 실재성과 연관시키는 어려움"에 직면하여 철학은 주체와 세계를 중재하는 어떤 체계를 정립시켜 제안하고자 한다. 반면 문학은 그리고 소설은

6) 한스 블루멘베르크, 「서문」, 『우리가 살고 있는 현실들—논문들과 연설 하나』, 양태종 옮김, 고려대출판부, 2011, 9-10쪽. 강조는 원문.

그러한 전일적 세계의 붕괴에 대해 하나 이상의 다른 세계들을 무수히 생성하고 병립시키며 또한 분기시키는 형식이라고 해도 크게 틀리지 않다. 그리고 우리 시대의 소설가 중에서도 김희선은 그러한 어려움을 전도시켜 이야기의 무한한 가능성으로 전환하고자 하는 욕망을 가장 급진적으로 밀고 나가는 작가 중 한 사람이다.[7]

7) 반면 다음과 같은 우려의 목소리도 주의 깊게 경청할 필요가 있을 터다. "자본주의 리얼리즘은 우리를 무한히 가변적이고 어느 순간에도 스스로를 재구성할 수 있는 어떤 현실에 예속시킨다. 우리는 프레드릭 제임슨이 「포스트모더니티의 이율배반들」이라는 글에서 '공간이나 심리 모두 자유자재로 처리되고 다시 만들어질 수 있는 전적으로 대체 가능한 현재'라 부른 것에 직면해 있다. 여기서 현실은 디지털 문서에서 다양한 옵션을 사용할 수 있는 것과 유사한데, 곧 어떤 결정도 최종적이지 않고 언제나 수정이 가능하며 어느 때나 과거의 특정 순간을 불러들일 수 있다." (마크 피셔, 『자본주의 리얼리즘』, 박진철 옮김, 리시올, 2018, 93쪽.)

작가의 말

세상엔 침묵을 강요당하는 사람들이 있습니다.
때로 그들은 자신들의 목소리가 없다는 사실조
차 알지 못하지요.
그들을 대신해서 말하고 싶었습니다.

……그리고 무엇보다도, 즐거운 독서가 되길
바랍니다.

2020년 8월 김희선

죽음이 너희를 갈라놓을 때까지

지은이 김희선
펴낸이 김영정

초판 1쇄 펴낸날 2020년 8월 25일
초판 2쇄 펴낸날 2021년 5월 28일

펴낸곳 (주)현대문학
등록번호 제1-452호
주소 06532 서울시 서초구 신반포로 321(잠원동, 미래엔)
전화 02-2017-0280
팩스 02-516-5433
홈페이지 www.hdmh.co.kr

© 2020, 김희선

ISBN 979-11-90885-29-4 04810
        978-89-7275-889-1 (세트)

* 책값은 뒤표지에 있습니다.
* 이 도서의 국립중앙도서관 출판예정도서목록(CIP)은 서지정보유통지
  원시스템 홈페이지(http://seoji.nl.go.kr)와 국가자료공동목록시스템
  (http://kolis-net.nl.go.kr)에서 이용하실 수 있습니다.
  (CIP제어번호: CIP2020033526)

〈현대문학 핀 시리즈〉는 당대 한국 문학의 가장 현대적이면서도 첨예한 작가들을 선정, 월간 『현대문학』 지면에 선보이고 이것을 다시 단행본 발간으로 이어가는 프로젝트이다. 여기에 선보이는 단행본들은 개별 작품임과 동시에 여섯 명이 '한 시리즈'로 큐레이션된 것이다. 현대문학은 이 시리즈의 진지함이 '핀'이라는 단어의 섬세한 경쾌함과 아이러니하게 결합되기를 바란다.